성장의 프리즘

청소년 테마 소설
성장의 프리즘

초판인쇄 2021년 6월 10일 | 초판발행 2021년 6월 21일
글쓴이 신현이 오문세 오하림 이선주 전수경 최영희 허진희
책임편집 곽수빈 | 편집 고한빈 엄희정 원선화 이복희 | 디자인 이은하
마케팅 정민호 박보람 김수현 | 홍보 김희숙 김상만 함유지 김현지 이소정 이미희 박지원
제작 강신은 김동욱 임현식 | 제작처 한영문화사
펴낸곳 (주)문학동네 | 펴낸이 염현숙
출판등록 1993년 10월 22일 제406-2003-000045호
주소 10881 경기도 파주시 회동길 210
전자우편 kids@munhak.com | 홈페이지 www.munhak.com | 카페 cafe.naver.com/mhdn
북클럽 bookclubmunhak.com | 트위터 @kidsmunhak | 인스타그램 @kidsmunhak
대표전화 (031)955-8888 팩스 (031)955-8855
문의전화 (031)955-8895(마케팅) (02)3144-3242(편집)

ISBN 978-89-546-7951-0 03810

청소년
테마
소설

성장의 프리즘

신현이
오문세
오하림
이선주
전수경
최영희
허진희

문학동네

| 차 례 |

허 진 희 … 곰인지 강아지인지 모를

고등학교 배정받는 날, 나는 얼굴이 벌겋게 부어오를 정도로 펑펑 울었다. 내가 세상에서 가장 운이 없는 인간인 것 같아서 울었고, 친구들과 헤어져야 한다고 생각하니 슬퍼서 울었다. 눈물은 좀처럼 멈추지 않았다. 모나와 호리도 같이 울어 주었다. 모나는 조금 울었고, 호리는 코맹맹이 소리가 날 때까지 울었다. 하지만 가장 많이 운 사람은 나였다. 모나와 호리를 떠나, 함께 어울렸던 친구들을 떠나 홀로 3지망 학교로 가야 하는 사람은 나니까.

"오귤, 넌 할 수 있어. 네 성격이면 어디에서든 금방 적응하고 잘 어울릴 거야. 너무 걱정하지 마."

모나가 말하면 왠지 진짜 그럴 것만 같다. 그래도 속상한 마음은 어쩔 수 없었다.

"맞아. 귤이 너 완전 인싸잖아. 다 잘될 거야. 울지 마, 울지 마."

호리가 훌쩍이며 말했다. 내가 마구 까불고 나대는 모습을 보고 웃는 애들은 많지만 진심으로 그런 내 모습에 감탄하는 사람은 내 생각에 단 두 명, 강모나와 윤호리밖에 없다. 언제나 애정을 듬뿍 담은 새초롬한 미소를 보여 주는 모나. 내가 멋대로 막춤을 춰도 재능 있다며 추어올리고 환호성을 연발하는 호리.

나는 코를 팽 풀고는 크게 한숨을 내쉬었다.

"몰라. 이게 뭐야. 나 진짜……."

나를 바라보는 모나와 호리의 눈빛에 걱정이 짙어졌다. 어, 이거 너무 진지해지는데. 이대로 가다간 둘이 나보다 더 침울해질 것만 같았다. 내가 또 그런 상황은 참을 수 없지. 분위기를 바꿔 보자는 생각에 재빨리 말을 이었다.

"햄버거부터 먹고 생각해야지, 안 되겠어. 더블 패티, 더블 치즈에 토마토 빼고!"

콧구멍을 발름거리는 내 모습에 그제야 모나와 호리가 웃어 보였다.

"역시 오귤, 먹어야 힘이 나지."

눈꼬리에 맺혀 있는 눈물을 닦으며 나를 흘겨보는 모나의 입가에 미소가 어렸다. 호리도 코 먹은 목소리로 다정하게 말했다.

"감자튀김도 라지 사이즈로 먹고, 치즈스틱도 두 개 먹어. 귤이 먹고 싶은 거 다 먹어."

아아, 이렇게 나를 알아주고 좋아해 주고 걱정해 주는 친구들이라니. 모나와 호리가 없는 학교에서 나 혼자 잘 지낼 수 있을까. 다시금 걱정이 앞서 눈물이 핑 돌았지만 웃는 낯으로 열심히 울음을 삭였다. 나 때문에 또 애들을 울게 할 순 없으니까.

그래. 그때까지는 나도 꽤 씩씩한 편이었다.

입학식을 앞두고 한껏 우울해하던 나에게 엄마가 말했다. 새로운 친구들을 만날 수 있는 기회로 생각하라고. 모나와 호리랑 어디 멀리 떨어져 살게 된 것도 아니고, 지금도 매일 연락하고 만나지 않느냐고. 다 맞는 말이었다.

나도 엄마 말대로 하려고 했다. 고등학교에 가서 새로운 친구들을 사귀자. 그런데, 어떻게 사귀지? 어떻게 시작하는 거더라?

생각해 보니 유치원 때부터 쭉, 모나와 호리 그리고 나 이렇게 셋은 항상 함께였다. 다른 친구들과 어울릴 때도 나 혼자였던 적은 별로 없었다. 내 옆엔 언제나 모나 아니면 호리 아니면 모나와 호리가 있었다. 고등학교에 와 보니, 그건 다른 애들도 마찬가지였다.

맙소사, 다들 단짝이 있잖아. 나만 빼고 모두.

우리 학교에 단짝인 애들이 유독 많이 온 건지 아니면 끼리끼리 뭉쳐 다니는 애들이 내 눈에 잘 띈 건지 알 수 없지만, 다들 자신의 오른쪽과 왼쪽에 자기만의 모나와 호리를 두고 있는 것 같았다. 작든 크든 무리를 이룬 아이들은 왜 유난히 더 당당하고 자신감 있어 보이는지. 괜스레 위축됐다. 평소 나라면 열 마디는 했을 법한 상황에서 겨우 두세 마디 뱉고는 돌아서서 후회하기 일쑤였다. 두세 마디 안에 내 유머 감각을 조금이라도 드러냈으면 다행인데 애들을 웃기기는커녕 피식거리게 하지도 못하니 답답해 미칠 지경이었다.

그렇게 누군가와 이렇다 할 대화도 나눠 보지 못하고 처음 며칠을 보내고 나자 과연 새 친구를 사귈 수나 있을까, 불안해졌다. 첫 단추를 잘 꿰야 하는데 아예 꿸 엄두조차 나지 않았다. 그냥 하던 대로 자연스럽게 행동하면 되는데 그게 왜 안 되는지 알 수가 없었다.

저녁 식사를 하기 전에 모나, 호리와 함께하는 메신저 앱 대화창에 잔뜩 투정 섞인 메시지를 올렸다. 왜 바로 대꾸가 없지. 아무리 사소한 일이라도 서로 시시콜콜 공유하는 바람에 늘 대화창이 터져 나갈 듯이 메시지가 폭주했는데, 요즘따라 조용한 거 같기도 하고. 기분 탓인가. 괜히 조바심이 나서 자꾸만 스마트폰을 들여다보았다.

— 급식 먹을 땐 어땠어?

잠시 후 모나가 어깨를 토닥이는 고양이 이모티콘과 함께 톡을 보내왔다.

— 옆자리 애들이 같이 가자고 해서 따라갔어.

— 뭐야, 걱정했더니. 난 또 완전 혼자인 줄.

— 근데 자기들끼리 얘기하느라, 난 그냥 리액션 담당.

— 처음엔 좀 어색할 수 있지, 뭐.

그때 모나와 내가 주고받은 메시지 옆 숫자 1들이 싹 사라졌다. 호리가 메시지를 확인했다는 뜻이었다.

— 귤이가 리액션 담당?

호리는 곧이어 머리 위 물음표가 연달아 뜨는 토끼 이모티콘을 띄웠다. 뒤따라 모나가 'ㅋㅋㅋ'라고 올렸다. 그래. 다들 의아하겠지. 나도 내가 이상한데.

— 그냥 귤이 너답게 하면 될 거야.

호리가 말했다. 나도 그러고 싶어. 나답게. 근데 왜 잘 안 될까?

— 아 참, 윤호리. 너 수학 숙제 다 했어?

— 아니. 그거 언제 다 해. 벌써부터 무슨 숙제가 이렇게 많아.

— 너넨 좋겠다. 같은 학교에 같은 반이라니.

숙제 얘기가 오가던 대화창에 갑자기 침묵이 흘렀다. 설마 나 때문에 분위기가 이상해진 건가? 나 덕분에 분위기가 사는 게 아니라 나 때문에 분위기가 가라앉아 버리다니……. 당황스러웠다. 내가 푸념 반 부러움 반으로 뱉은 말이 뿌연 안개가 되어 우리 사이를 가로막은 듯한 기분이었다. 모나와 호리는 안개 저 너머에서 내 눈치를 살피고 있었다. 말도 안 돼. 어떻게 이런 일이.

— 오귤. 다 잘될 거야. 우리 셋, 같은 대학 갈 때까지 힘낼 수 있지?

언제나 상황을 정리하는 사람은 모나였다. 뒤이어 호리가 하트가 가득한 토끼 이모티콘을 연달아 올렸다.

나는 가만히 모나의 말을 곱씹어 보았다. 모나와 호리 곁에 있게 되면 다시 나다워질 수 있을까. 자신감을 되찾고 분위기 메이커 오귤로 돌아갈 수 있을까. 하지만 대학이라니, 당장 내일 혼자

학교에 가야 하는 내겐 마냥 멀게만 느껴지는 이야기였다.

"온리 이브 신곡 대박."

아침부터 반 아이들의 화제는 어제 공개된 5인조 걸그룹 온리 이브의 신곡이었다. 노래, 안무, 콘셉트 뭐 하나 빠짐없이 내 취향이어서 나도 뮤직비디오를 몇 번이나 돌려 봤는지 모른다. 하지만 딱 거기까지였다. 평소 같으면 어떤 부분에서 웃기게 출까 고민하며 춤 연습을 했을 텐데 좀처럼 의욕이 나질 않았다.

"너도 들어 봤지?"

자리에 막 앉으려던 내게 창가 쪽에서 떠들던 무리 중 한 명이 말을 걸었다. 같이 밥 먹으러 가자고 하고 틈틈이 내게 말도 거는 내 옆자리 송희였다.

"어……. 진짜 좋더라."

"그거, 두연이가 안무 땄대."

표두연. 아직 말 한마디 해 본 적 없지만 표두연이 나에 대해 아는 것보다 내가 표두연에 대해 아는 게 더 많으리라는 건 확신한다. 두연은 등교 첫날부터 아이들의 시선을 사로잡았다. 그저 가만히 서 있는 모습도 아이돌이 포즈를 취한 것처럼 멋스러워 보이는 아이였으니까. 사실 난, 송희의 관심이 온통 두연에게 쏠려 있다는 사실도 진즉 눈치챈 터였다. 송희는 내가 한 발 더 다가서기 망설여질 만큼 허물없이 친한 친구들을 곁에 여럿 두었으면서도 두연과 친해지고 싶어 안달이 나 있었다.

나는 아이들에게 둘러싸인 채 창가 자리 책상에 기대어 서 있는 두연에게 시선을 옮겼다. 내 시선을 눈치챈 듯 까마무트름한 얼굴이 내 쪽을 향했다. 두렷두렷한 눈, 코, 입에선 미소 비슷한 것도 찾아볼 수 없었다. 하지만 이상하게도 나는 두연의 눈동자가 내게 인사를 보내고 있다고 느꼈다.

"와, 벌써. 대단하네……."

나는 말끝을 뭉그리며 생각했다. 나도 빨리 연습해서 애들에게 보여 주고 싶은데…….

"두연아, 이따 안무 딴 거 가르쳐 주라. 응?"

"그래. 우리도 좀 배우자."

송희와 애들이 졸라 대는데도 표두연은 별다른 반응을 보이지 않았다. 그런데 그런 반응을 승낙의 의미로 보는 건지 아니면 적어도 거절은 하지 않았다고 보는 건지, 아이들은 멋대로 점심시간에 모일 장소까지 다 정해 놓고 신나서 떠들었다.

그때 나와 눈이 마주친 송희가 물었다.

"너도 같이 할래?"

어쩌면 이건 절호의 기회가 아닐까? 호리 말대로 나다운 모습을 보여 줄 수 있는 기회. 가슴이 콩닥거렸다. 그런데 내가 막 대답을 하려고 하는 순간 송희의 절친 중 한 명인 안현주가 툭 말을 던졌다.

"에이, 딱 봐도 춤 안 추게 생겼잖아."

같이 밥 먹을 때 나한텐 말도 안 걸더니……. 안현주는 송희 옆에서 나를 경계하는 듯한 분위기를 풍겼다. 물론 괜한 오해일 수도 있다. 표정으로 봐선, 별 뜻 없이 한 소리 같기도 했다. 하지만 다른 애들이 그 말에 맞장구를 치기 시작했다는 게 문제였다.

"그러게. 우리 막춤 추는 거 보면 놀라겠다."

"그럼 살살 춰야 해?"

"왜, 그래도 구경하는 건 좋아할 수 있지."

대답할 타이밍을 놓친 것 같아 마음이 조급해져서, 말이 오가는 와중에 불쑥 끼어들어 소리쳤다.

"나도 좋아해……!"

갑자기 내게로 시선이 모이는 바람에 조금 떨렸지만 나는 최대한 웃어 보이며 말을 이었다.

"구경하는 거 말고……. 나도 춤추는 거 좋아해. 이따 같이 하자."

짧은 침묵이 흘렀다. 꿀꺽 침을 삼켰다. 난 이런 순간이 왜 이렇게 싫은지 모르겠다. 왠지 먼저 나서서 무슨 말이든 해야만 할 것 같은 압박감이 나를 초조하게 만든다.

다행히 나보다 먼저 입을 연 사람이 있었다.

"오, 그래? 좋아하면 좋지."

어라? 예상외로 시원한 반응을 보인 사람은 안현주였다. 역시 괜한 오해였나.

"그래그래. 같이 하자."

송희와 안현주가 동시에 나를 향해 상긋이 웃음을 날렸다. 그 모습을 보니 어쩌면 그동안 아이들과 거리를 좁히지 못했던 건 모나와 호리가 곁에 없어서가 아니라, 나 때문일지도 모른다는 생각이 들었다. 먼저 거리를 둔 사람은 나일지도 모른다고.

둘에게 미소로 답하고 나서 나는 조용히 혼자 가슴을 쓸어내렸다.

아아, 말하길 잘했다. 말해 놓고 나니 이렇게 속이 뻥 뚫리는데.

아무 말도 하지 않았다면 분명 후회했을 것이다.

표두연은 춤을 추기 위해 태어난 사람 같았다. 정확하고 시원시원한 동작들. 매끄럽고 자연스럽게 이어지는 움직임. 고작 하룻밤 연습한 실력이라고는 믿기지 않을 정도였다.

"두연아, 너 진짜 데뷔해도 되겠다."

점심을 후딱 해치우고 운동장 구석에 모인 우리는 연신 감탄사를 내뱉었다. 두연의 춤을 구경하느라 춤 연습은 시작도 못 한 상태였다.

"진짜 진짜. 오디션 본 적 없어?"

그때 송희가 질문한 아이의 팔꿈치를 툭 치면서 그만하라는 듯이 주의를 줬다. 두연은 어깨만 으쓱할 뿐 별다른 말을 하지 않았다. 오디션을 봤다는 건지 안 봤다는 건지, 죄 떨어졌다는 건지, 어디서 연습생을 하고 있다는 건지……. 두연의 몸짓이나 표정에선 아무런 힌트도 보이지 않았다.

"야, 우리 왜 떠들기만 하니. 춤 배운다고 모여 놓고."

애들이 까르르 웃었다. 이어 음악이 리플레이되자 한 명 한 명 두연의 동작을 따라 했다. 나도 그중 하나였다. 아니, 그중에 가장 어설픈 한 명이었다.

나는 춤을 좋아하지만 표두연처럼 잘 추진 못한다. 표두연은 재능을 타고난 거고, 나는 그저 재미로 추는 쪽이다. 중학교 때 틈날 때마다 교실 뒤에서 춤 연습을 했던 이유도 아이들의 관심을 끄는 게 좋았기 때문이다. 모나와 호리를 관중 삼아 춤추고 있으면 어느새 몰려들던 아이들……. 한껏 흥이 올라 내 식대로 해석한 포인트 안무를 뽐내어 보이면 다들 박수를 치며 웃어 주었었는데. 문득 그 소리가 그리워졌다. 와르르 웃음이 쏟아질 때마다 작은북처럼 콩작콩작 뛰던 내 마음도 그리워졌다.

그래. 난 원래 춤을 잘 추는 것보다 재미있게 추는 걸 좋아했잖아. 안무를 그대로 따라 추는 건 내 스타일이 아니지. 그럼 슬슬 시동을 걸어 볼까. 좀 엉성하더라도, 나만의 느낌을 실어서 신나게 춰 보는 거야!

그때였다.

"거기 동작 그거 아니고."

표두연이 입을 열었다. 나를 향한 목소리였다. 아이들은 누가 말을 걸지도 않았는데 먼저 입을 연 표두연을 신기하다는 듯이 바라보다가 내게로 시선을 옮겼다.

나는 당황해서 잠시 멈칫했다. 표두연이 묘한 표정으로 다시 동작을 보여 주었다. 나도 다시 움직여 보았다. 표두연의 눈썹 사이에 가느다란 주름이 생겼다.

"음. 이상하네."

이상하긴 이상한데 뭐가 이상한지 잘 모르겠다는 표정으로 표두연은 혼자서 동작을 반복했다. 수수께끼를 풀기 위해 골몰해 있는 표두연을 뒤로하고 아이들이 킥킥대며 내 춤에 대해 한마디씩 하기 시작했다.

"뭔가 특이하긴 하다."

"귤이는 왜 이렇게 태가 안 나지?"

내 동작이 절도 있거나 세련되지 않은 건 나도 잘 알고 있었다. 그치만 그런 점이야말로 내 춤의 특색이자 개성이라고 생각했는데……. 리듬을 넘치게 타면서 동작을 과장되게 보여 주는 것. 그렇게 추지 않으려고 해도 몸에 배어 있는 습관은 어쩔 수 없는 노릇이었다.

"춤추는 거 좋아하는 거 맞아?"

안현주가 싱겁게 웃으며 나를 놀렸다.

"야, 너도 잘 못하면서."

송희가 내 편을 들어주었지만 그러는 송희 얼굴에도 여전히 웃음기가 남아 있었다. 순간 귀뿌리가 달아올랐다. 이상하다. 난 분명 애들이 내 춤을 보면서 웃기를 바랐는데.

그때 표두연이 머리를 긁으며 말했다.

"넘어가자."

나는 아무 말도 하지 못한 채 쓱 돌아서는 표두연의 뒷모습만 바라보았다. 왜 나만 콕 집어 지적했을까. 설마 내가 마음에 안 드나. 그때 표두연이 고개를 돌려 슬쩍 나를 쳐다보았다. 두연은 내 감정을 살피고 있었다. 좀 전의 지적으로 내 감정이 상했을까 봐, 아이들의 반응 때문에 내가 상처받았을까 봐 염려하는 얼굴이었다. 나는 그런 얼굴을 아주 잘 안다. 모나와 호리에게서 종종 볼 수 있는 얼굴이니까.

그럼 결국, 내가 아니라 내 춤이 정말 별로였나 보네.

다시 춤을 추는 아이들을 바라보며 남몰래 한숨을 내쉬었다. 갑자기 내 춤이 정말 별 볼 일 없이 느껴졌다. 다 함께 즐거우려고 춘 춤인데 정작 춤을 춘 나 자신은 즐겁지 않았다. 악의 없는 웃음을 아주 잠깐 샀을 뿐이지만 나는 쉬이 기가 죽고 말았다.

학교생활은 좀처럼 내 맘대로 되지 않았다. 그래도 죽으란 법은 없지. 우리 집에서 좀 떨어져 있어서 엄마를 설득하는 데 시간이 걸리긴 했어도 어쨌거나 모나, 호리와 같은 학원에 등록하게 되었다. 엄마는 소원대로 해 줄 테니 모나만큼만 성적을 올리라고 조건을 달았다. 아마 엄마도 그게 무리한 요구라는 걸 모르지 않았을 거다. 모나는 공부를 진짜 잘하니까. 호리는 그다음으로 잘하고, 나는 호리 다음이긴 한데 차이가 아주 많이 나는 다음이다. 근데 모나는 항상, 지금이라도 내가 분발하면 우리 셋이 같은 대학에 갈 수 있다고 주장한다. 진짜 그게 가능하다고 믿는 듯이 눈을 반짝이면서. 엄마에게서도 볼 수 없는, 선생님보다 더 무서운 눈빛이다.

모나와 호리는 수업 시간엔 그야말로 초집중 모드여서 말을 걸 엄두가 나지 않았다. 그래도 같이 있는 것만으로도 좋았다. 학원 버스를 타기 전 짧은 시간이나마 맘껏 까불 수 있는 것도 좋았다. 모나와 호리 앞에선 온리 이브 춤도 자신 있게 출 수 있었다. 내 춤을 보며 열광하는 둘의 웃음은 학교에서 마주했던 웃음과 확실히 달랐다. 가슴이 다시 통통 뛰었다. 내 안에서 북소리가 울릴 때 나는 행복하구나! 의기소침하지 않은 내 모습을 누구보다 좋아하는 사람은 바로 나 자신이었다.

게다가 쉬는 시간의 수다는 어찌나 감질나고 재미있는지……. 모나는 자투리 시간도 알뜰히 활용해서 예습 복습을 하느라 바빴지만 호리는 이따금 귀가 쫑긋할 만한 소식을 전해 주었다.

"근데 참, 귤아. 너가 전에 말했던 춤 잘 추는 애, 중학교 때부터 유명했대."

"표두연?"

"응. 우리 반에 개랑 같은 학교 다녔던 애가 그러더라. 팬클럽도 있을 정도라고."

이미 우리 학교에도 표두연을 흠모하는 무리가 생긴 터라 별로 놀랍지는 않았다.

"어디 연습생도 했다던데? 데뷔 직전에 그만둬서 다들 아쉬워했대."

역시. 그 실력으로 아무것도 하지 않았을 리 없지.

"왜 그만뒀는데?"

"나도 물어봤는데 정확히 아는 사람은 없는 거 같다더라. 소문은 많았는데 본인이 아무 말도 안 했다고. 원래 별로 말이 없는 성격이라며?"

나는 가만히 고개를 끄덕였다. 내 춤에 대해 소리 내어 지적한 게 기적으로 여겨질 정도로 표두연은 말수가 적었다.

"연습생 때 춤춘 영상 유튜브에 올라온 것도 있는데 조회 수도 꽤 되나 봐. 잠깐, 영상 링크 받은 거 있는데……."

호리가 스마트폰 메신저 앱을 열었다. 그런데 그 순간, 동영상을 보려고 호리의 스마트폰 화면으로 몸을 기울인 바로 그 순간, 내 눈에 들어온 것은 표두연의 멋진 댄스 영상이 아니라 이런저런 대화가 오간 대화창이었다. 당황한 호리가 재빨리 손을 놀려

창을 나갔지만 내 눈이 화면을 훑는 속도만큼 빠르진 못했다. 순간 내가 화면을 본 게 아니라 화면이 내 눈 속으로 박혀 들어오는 듯한 느낌이 들었다.

"아, 그러니까, 그 링크가……."

호리는 짐짓 태연한 척 대화창 목록을 위아래로 스크롤하며 말했다. 마침내 링크를 찾은 호리가 영상을 틀어 주었다. 하지만 하나도 눈에 들어오지 않았다. 영어로 달린 댓글을 해석하며 외국 사람들 반응이 얼마나 좋은지 설명해 주는 호리의 목소리도 전혀 귀에 들어오지 않았다. 나는 앞자리에서 수업 준비를 하고 있는 모나의 뒤통수를 멀거니 바라보았다.

나만 빼고, 나만 빼고 둘이서 대화창을 만들었구나. 모나와 호리, 둘만의 대화창을.

나는 최대한 억측하지 않으려고 노력했다. 둘이 따로 대화창 만들 수도 있지. 이유가 있어서 만들었겠지. 설마 둘이서 내 흉을 보려고 그랬겠어? 나는 열심히, 아주 열심히 생각하고 또 생각했다. 오해하지 않을 이유를 찾기 위해 생각했다. 상처받지 않을 이유를 찾기 위해 생각했다. 내가 이렇게 생각을 많이 해 본 적이 있었던가. 나 자신에게 놀랄 지경이었다. 항상 생각보다 행동이 먼저였던 나인데. 왜 그 자리에서 대화창에 대해 물어보지 못했을까. 이제라도 물어보면 되는데 왜 그러지 못할까.

“오늘 몸 안 좋아?”

아이들 틈에 끼어 허든허든 연습하러 가서 한숨만 푹푹 내쉬고 있는데 안현주가 내 어깨를 툭 치며 물었다. 나는 괜찮다며 웃어 보였다. 내 안색을 살피고 걱정해 주는 현주에게 고마운 마음도 들었다. 종종 사려 깊지 않은 말로 내 마음을 건들긴 하지만 딱히 저의를 두고 하는 말이 아니라는 걸 알 정도의 사이는 되었으니까.

하지만 여전히 안무 순서가 영 머리에 들어오지 않았다. 춤추는 것마저도 심드렁하니 느껴졌다. 내가 진짜 춤을 좋아하긴 하나 의문도 들었다. 맞지 않는 옷을 입은 듯 부자연스럽게 움직이는 내 몸짓이 하나도 마음에 들지 않았다.

문제는 춤이 아니었다. 호리와 모나가 만든 둘만의 대화창도 아니었다. 진짜 문제는 바로 내 마음이었다. 속속들이 알기도 힘들고, 척척 뜻대로 되지도 않는 내 마음. 문득 나 자신이 무척 낯설게 느껴졌다. 내가 나를 이토록 어색해하다니, 이게 말이 되나?

그런데 그때 표두연이 내 옆에 다가왔다. 오늘은 특별 과외 받고 싶지 않은데. 나는 속으로 말을 삼키고 표두연을 맥없이 쳐다보았다. 표두연은 한마디 말도 없이 천천히 춤 동작을 보여 주었다. 한 동작 하고 날 쳐다보고, 또 한 동작 하고 날 쳐다보고. 별수 없이 따라 하는 시늉을 했다.

“음.”

만족스럽지 않겠지. 나도 그런데. 나는 내 춤의 문제점을 정확히 알고 있었다. 즐겁지 않은 마음으로 추는 춤이 다른 사람에게 가닿기를 바라는 건 욕심이었다. 하지만 표두연은 여전히 어디가 문제인지 모르겠다는 듯이 검지손가락으로 눈썹을 문지르며 고심하고 있었다.

두연은 모를 것이다. 두연처럼 확실하게 빛나는 아이가 내 마음을 알 리 없지. 춤추는 매 순간 두연의 열 손가락 끝에서, 머리카락 한 올 한 올에서 짜르르 흘러나오는 행복감이 얼마나 또렷이 느껴지는데. 단 한 번도 기죽거나 망설이거나 물러난 적 없는 듯한 기운. 두연이 춤출 때마다 뿜어내는 그 기운이야말로 아이들이 두연에게 끌리는 진짜 이유일 터였다. 타고난 재능에 노력을 더하고 더한 끝에 자기 실력을 당당히 즐기는 사람에게서 느껴지는 에너지는 정말 멋지니까. 그런데 그런 애가 왜…….

왜 그 길을 포기했을까.

어떤 이유가 있어야 진짜로 좋아하는 일을 그만두고 돌아설 수 있을까.

나는 잠시 망설이다가 물었다.

"두연아, 넌 춤추는 거 정말 좋아하지?"

"어."

두연이 의외로 순순히 대답하자, 다음 질문을 할 용기가 났다.

"그런데 왜 연습생 그만뒀어?"

아이들의 관심이 우리 둘에게 쏠렸다. 다들 궁금한데도 물어보지 않고 참고 있었던 걸까. 문득 내게 중요한 질문이라는 이유로 조심성 없이 남의 사정을 캐물은 게 아닌가 하는 생각이 들었다.

그때 표두연이 말했다.

"성격에 안 맞아서."

별일 아니라는 듯 담담한 어조였다. 어찌나 태연하게 말하는지 아, 그렇구나 하고 바로 설득될 뻔했다. 이런 재능을 가지고도, 이렇게 좋아하면서도 성격에 안 맞아서 때려치울 수 있다고?

"……어떤 점이 안 맞았는데?"

두연이 나를 물끄러미 바라보았다. 내가 이런 질문을 계속하는 게 의아하다는 듯한 눈빛이었다. 그럴 만도 했다. 선을 넘는 거라고 여겨도 할 말이 없었다. 그래서 더더욱, 이어지는 두연의 솔직한 대답에 놀랄 수밖에 없었다.

"그냥 다. 날마다 춤으로 경쟁해야 하는 것도, 춤 말고 다른 것들을 해야 하는 것도, 모르는 사람들이 날 알아보는 것도, 다 싫었어. 잘할 줄 알았고, 괜찮을 줄 알았는데 아니더라고. 춤추는 건 좋지만 아이돌이라는 직업은 나랑 안 맞는다고 생각했어."

잠시 머리가 멍해졌다. 차분히 자기 얘기를 마친 두연은 무언가를 포기한 사람이 아니라 중요한 것을 지켜 낸 사람처럼 보였다. 어떻게 이렇게 초연할 수 있을까. 어떻게 이렇게 하나도 아쉬워하지 않는 듯이 보일까. 외려 두연보다 내가 더, 두연이 가지 않은 길에 대해 아쉬워하는 것처럼 느껴졌다.

하지만 그 순간 날 진짜로 뒤흔든 감정은 아쉬움이 아니라 부러움이었다. 표두연에게서 느껴지는 확고함은 도저히 내가 가질 수 없는 무엇 같았다. 자신이 어떤 사람인지 정확히 아는 것. 부러질지언정 흔들리지 않는 것.

"역시 대단해. 두연이 넌 성적도 괜찮으니까, 어쩌면 연예계 생활보다 공부가 더 잘 맞을 수도 있어. 요즘 학원 알아본다며?"

두연의 말 뒤로 이어지는 침묵을 부드럽게 깨뜨리며, 송희가 나섰다. 아이들이 하나둘씩 말을 보태며 두연을 에워싸기 시작했고 나는 나만의 침묵을 조용히 껴안고 뒤로 물러설 수밖에 없었다.

그저 한없이 흔들리며 부러질까 봐 겁내는 사람. 그게 바로 나였다.

그전까진 전혀 깨닫지 못했던 사실이었다.

"아까 낮에 호리랑 좀 다퉜어."

학원 버스 앞에서, 모나가 말했다. 어쩐지 분위기가 좀 이상하다 했더니……. 처음엔 내가 대화창의 존재를 알게 된 것 때문에 호리가 신경 쓰는가 싶었는데, 가만 보니 모나의 행동도 평소와 달라 이상하다고 생각하던 참이었다. 호리는 화장실에 들르겠다면서 먼저 내려가라고 해 놓곤 버스 출발 시간이 다 되도록 나타나지 않았다. 그러자 자꾸만 흘긋흘긋 학원 건물 입구를 쳐다보던 내게 모나가 한숨을 내쉬며 사정을 털어놓았다.

"요즘 호리 좀 이상해. 갑자기 학원도 그만둔다고 하고……."

"뭐? 여기 그만둔다고? 왜?"

생각지도 못한 소식을 듣고 어안이 벙벙해진 나는 모나 얼굴만 끔뻑끔뻑 쳐다보았다. 둘이서 싸운 것도 뜻밖인데 호리가 학원까지 그만두려고 한다고?

"그거 따지다가 말다툼한 거야. 무슨 생각인지 시원하게 말을 안 하잖아."

모나가 가끔 깐깐하게 따지고 들 때가 있긴 하지만 호리는 언제나 그런 모나에게 맞춰 주는 편이었다. 그러니 호리가 다툼을 피하지 않았다면 분명 무슨 이유가 있을 터였다. 무슨 이유인지는 전혀 감이 잡히지 않았지만.

그때 입구에서 주뼛거리는 호리의 모습이 눈에 들어왔다.

"어, 저기 호리 나온다. 호리야!"

모나가 날 말리지 않는 걸 보니 화해할 생각이 없진 않은 것 같았다. 그런데 어라, 호리는 달랐다. 당연히 우리 쪽으로 다가올 줄 알았는데 그대로 몸을 돌리곤 혼자 걷기 시작했다.

"어어, 호리야, 버스 안 타?"

호리의 뒷모습에 대고 소리쳐 보았지만 호리는 뒤도 돌아보지 않았다. 그때 스마트폰에 메시지 알림이 떴다.

— 오늘은 따로 갈게. 미안.

나에게만 보낸 메시지였다. 메신저 앱에 들어가 보니 정말로 호리와 나, 둘만의 대화창이 생성돼 있었다. 당황해서 고개를 들었다. 모나가 물끄러미 내 스마트폰 화면에 시선을 주고 있었다.

"버스 출발하겠다. 얼른 타자."

그렇게 말하는 모나의 표정이 딱딱하게 굳어 있었다. 평소 같으면 앞뒤 사정 안 살피고 무조건 화해시키려고 달려들었을 텐데, 모나의 얼굴을 보니 제꺽 입이 떨어지지 않았다. 나도 이런 표정이었을까. 내색하지 않으려고 할수록 속이 더 드러나는 표정. 모나가 나처럼 속 끓이는 건 싫은데…….

나는 어떻게 해야 이 상황을 해결할 수 있을지 궁리하며 버스에 올랐다.

— 강모나, 윤호리.

그날 밤, 도저히 가만히 있을 수 없어서 내가 먼저 메시지를 올렸다. 잠시 후 내 메시지 옆의 숫자 2가 사라졌지만 내 말에 대꾸를 하는 사람은 없었다.

— 우리 이제 약속하자. 절대로, 따로 대화창 만들지 않기로.

모나와 호리는 여전히 아무 말도 하지 않았다.

— 얘기할 거 있으면 여기서 다 하고, 뒤에서 말하지 말기. 둘이 화해도 여기서 해.

— 누가 뒤에서 말했다고.

그제야 모나가 메시지를 올렸다. 뭐라고 말해야 할까. 모나의 뚱한 반박에 아무 대꾸도 못 하고 손가락만 꼼질거리는 내 자신이 한심했다. 생각만 곱씹고 우물쭈물 말도 못 하는 오귤이라니. 아아, 예전의 나로 돌아가고 싶어!

나는 숨을 크게 한번 들이마시며 다짐했다. 솔직하게 말하자. 요즘 내가 나답게 굴지 못한 건 사실이지만, 모나와 호리에게조차 솔직하지 못하면 어떡할래? 내가 먼저 솔직하게 말해야 모나랑 호리도 서로 속을 털어놓고 화해할 거 아니야.

— 너랑 호리, 둘이서만 대화창 만들어서 얘기했잖아.

— 그건…… 뒤에서 네 얘기 하려고 한 게 아니라 우리 수업이나 과제 얘기 하려고 그런 거지.

— 맞아, 귤아. 괜히 네가 신경 쓸까 봐…….

— 뭐야……. 내가 모르는 게 있다는 게 더 신경 쓰인다고. 흑.

곧 모나와 호리가 나를 달래기 위해 연달아 올린 이모티콘들로 대화창이 가득 채워졌다. 그러자 신기하게도 섭섭한 마음이 제법 누그러들었다. 역시 터놓고 말하니 좋네. 쓸데없이 억측을 안 하길 잘했다는 생각도 들고.

— 아무튼, 약속하는 거지?

— 어.

— 응.

— 그럼 화해도 하는 거지?

또 정적이 흘렀다. 너희도 그냥 얘기해 봐. 얼마나 가붓해지는데. 굳이 돌려 말할 필요도 없을 거 같아서 바로 질문을 던졌다.

— 도대체 무슨 일인데? 호리 너 진짜 학원 그만둘 거야?

— 응.

— 왜?

— 나 댄스 학원 등록할 거야.

— 뭐? 갑자기?

— 갑자기 아니야. 사실은…… 난 귤이 네가 부러웠어.

내 춤 실력이 부러웠다는 건가? 호리가 춤을 추고 싶어 할 거라는 생각은 해 본 적이 없었다. 나는 호리를, 언제나 내 춤을 지켜봐 주는 특별한 관객으로 여겼다. 그런데 호리는 뜻밖의 이유를 꺼내 보였다.

— 나도 너처럼 새로 시작하고 싶었거든.

호리의 말이 바로 이해가 되지 않았다. 뭐라고 말해야 할지 몰라서 망설이고 있는데 모나가 먼저 메시지를 올렸다.

— 그게 무슨 말이야. 그럼 나랑 같은 학교, 같은 반이 돼서 싫다는 거야?

— 아니야, 그런 거. 그게 아니라…… 우리는 영원히 친구지. 내가 너희 둘 다 얼마나 좋아하는지 알면서. 근데 한 번쯤은 말이야, 나를 잘 모르는 사람들 사이에서 내 다른 모습을 찾고 싶었어. 고등학교 올라가는 시점이 딱 좋을 거 같다는 생각도 했고.

나는 나다운 모습을 잃어버린 것 같아 속상했는데 호리는 변화하고 싶어서 고민했다니……. 근데 호리야, 낯선 환경에서 적응하기도 생각보다 쉽지 않더라. 그렇게 메시지를 적다가 지워 버렸다. 지금은 호리의 말을 들어 줘야 할 때인 것 같았다. 하지만 모나는 이 순간의 답답함을 참을 수 없었나 보다.

— 우리랑 같이 있으면 왜 안 되는데?

— 나도 왜인지는 잘 모르겠는데…… 이상하게…… 우리 셋이 있을 때는 용기가 안 나더라고.

— 무슨 용기?

— 변화할 용기.

호리는 정말 나와 딴판이었다. 나는 모나와 호리가 곁에 있어야 마음껏 활개 칠 용기가 생기는데 호리는 혼자 있어야 용기가 생길 것 같다고 말하고 있었다. 나는 변하는 게 두려워서 이전으로 돌아가려고 안간힘 쓰고 있는데 호리는 변화하고 싶어서 지금 서 있는 자리를 부러 흔들고 있었다. 나는 나다운 것들을 정의하지 못하는 게 이렇게 불안한데 호리는…….

— 난 무슨 말인지 하나도 모르겠다.

모나의 메시지에서 한숨이 느껴지는 듯했다. 하지만 모나처럼 똑똑한 애가 정말로 하나도 이해하지 못했을 리 없다. 문득 모나도 나처럼 우리 셋이 언제나 함께이길 진심으로 바랐었구나, 그래서 더 섭섭해하는구나라는 생각이 들어 마음 한구석이 아려

왔다.

— 우리 셋 워낙 어릴 때부터 같이 지내서 서로 넌 이런 애, 난 이런 애, 각자 맡은 캐릭터가 있는 거 같지 않아? 어쩐지 다른 애들이랑 친해지는 것도 눈치 보이고……. 그래, 솔직히 소심한 캐릭터도 좀 벗어던지고 싶었어.

— 다른 애들이랑 댄스 학원 같이 다니면서?

모나가 화가 났다고 느꼈는지 호리는 선뜻 대답을 하지 못했다. 그래, 맞아. 호리는 항상 먼저 분위기를 살피고 우리에게 져 주고 맞춰 줬지. 자기 의견을 강하게 주장한 적도 없었고. 내가 그런 호리에게 익숙해졌던 만큼 호리도 자기 자신에게 익숙해진 걸지 몰라.

그제야 호리의 마음을 조금이나마 헤아릴 수 있었다. 익숙한 자신을 바꾸기 위해서 익숙한 세계를 떠나고 싶어 하는 마음을. 그리고 별안간 응원하고 싶어졌다. 나는 한 번도 가져 본 적 없는 그 마음. 작고 단단한 그 마음이 설렘 가득한 발걸음에 맞춰 큰 북 소리처럼 둥둥 울릴 거라 생각하니 내 마음이 다 벅차올랐다.

— 그냥 처음부터 그렇게 얘기하지…….

내가 이런저런 생각을 하는 동안 모나 역시 생각이 많았던 모양이다. 호리의 침묵이 마음에 걸린 듯 모나가 조금 슬픈 표정의 고양이 이모티콘을 뒤이어 올렸다. 덕분에 분위기가 한결 풀어졌다. 호리도 냉큼 삐질삐질 땀을 흘리는 토끼 이모티콘을 올리며 말했다.

— 학원 그만둔다고 하면 모나 너한테 혼날까 봐…….

— 난 그런 캐릭터였어?

모나를 닮은 고양이가 고개를 절레절레 흔들어 보였다. 이제 내가 끼어들 차례였다.

— 나 같은 캐릭터도 있는데 뭐. 난 완전 캐릭터 붕괴됐잖아. 인싸여, 안녕.

나는 내 마음을 대변할 만한 이모티콘을 골라 올렸다. 우주를 배경으로 뱅뱅 돌며 멀어지는, 곰인 듯도 하고 강아지인 듯도 한 캐릭터…….

— 솔직한 건 그대로인데, 뭘.

— 맞아, 맞아. 그냥 좀 성숙해진 듯?

모나의 말에 호리가 맞장구를 치며 머리를 쓰담쓰담하는 토끼 이모티콘을 올렸다. 나는 얼굴을 붉히는, 곰인지 강아지인지 모를 이모티콘을 올려 놓고 생각했다. 생각이 많아진 건 맞지만 난 아직 성숙함이랑은 거리가 멀다고. 나는 그저 내가 인싸인지 아싸인지조차 헷갈려하는 열일곱 살일 뿐이라고. 하지만 그러면 좀 어떤가. 성격이 변하면 또 뭐 어떤가. 문득 나답고 너답고 그런 말들이 쓸데없이 느껴졌다.

— 다들 이렇게 흔들리면서 변하는 건가 봐.

순간 나도 모르게 불쑥 속마음이 튀어나왔다.

— 뭐야. 호리 말이 맞네. 우리 귤이 언제 이렇게 다 컸어요? 오구오구!

모나가 놀렸지만 하나도 기분 나쁘지 않았다. 뒤이어 호리가 'ㅋㅋㅋ'와 하트 이모티콘을 날렸다. 나도 덩달아 웃음이 터졌다. 그래, 이거지. 내가 진짜로 좋아하는 것. 그리고 내게 가장 중요한 것. 설령 내가 변하고 모나와 호리가 변해도 이 웃음만큼은 언제나 내 가슴을 뛰게 만들 것이다. 세상엔 변하지 않는 것도 있어서 정말 다행이다.

얼마 지나지 않아 우리 셋은 다시 함께 울었다. 호리가 마지막으로 학원에 나오는 날이었는데, 모나와 호리는 매일 학교에서 볼 테고 나와 호리는 주말에 같이 춤 연습을 하기로 했으면서도 셋 다 눈물을 찔끔찔끔 흘리고 말았다. 미미하게나마 우리를 맴돌던 어색함이 모두 사라지고 애틋함만 남게 되니 어쩐지 전보다 훨씬 돈독해진 것 같은 기분이 들었다.

"빨리 눈물 닦자. 누가 본다."

모나가 학원 버스를 타려고 모여드는 아이들을 가리키며 멋쩍은 표정으로 말했다. 누가 보면 진짜 주책이라고 하겠지. 우리 셋은 동시에 눈을 비볐다. 그런데 눈물을 훔치는 모나와 호리를 보니 별안간 둘을 마구 웃겨 주고 싶다는 충동이 일었다. 나는 즉석에서 작곡한 울지 마 송을 부르며 꿈틀꿈틀 요란하게 리듬을 타기 시작했다. 호리가 먼저 웃음을 터뜨렸고, 뒤이어 모나가 웃었다. 둘이 웃는 모습을 보니 더욱 신이 나서 다다 몸을 흔들어 댔다. 그래. 이렇게 마음이 내키는 대로 추면 되는데. 누가 뭐라고 하든…… 어, 그런데 저기…… 내 쪽을 뚱하게 쳐다보고 있는 저 사람은…….

표두연?

표두연이 왜 여기 있지? 어쩐지 못 보일 꼴을 들킨 것 같았다. 분명 날 이상한 애라고 생각하겠지. 학교에서 봤던 애가 맞나 싶을 거야. 얼굴이 홧홧 달아오르고 몸이 굳었다. 그런데 이런 나와 달리 표두연은 당황한 기색 하나 없이 내가 있는 쪽으로 저벅저벅 걸어왔다. 등 뒤에서 인기척을 느낀 모나와 호리가 몸을 돌렸다. 손에 둘둘 말아 쥔 프린트물과 안내책자. 보아하니 우리 학원에 막 등록한 것 같았다. 표두연은 기껏 다가와 놓고도 입을 꾹 다물고 있었다. 모나와 호리는 영문을 모르겠다는 얼굴로 멀뚱멀뚱 표두연을 쳐다보았다.

"뭐가 문제인지 알았어."

마침내 표두연의 입에서 나온 말은 우리를 더 아리송하게 만들었다. 진지한 말투여서 더욱 그랬다. 할 말을 찾지 못하고 입술만 달막이는 내게 표두연이 다시 말을 건넸다.

"그 춤 말이야."

"춤?"

"그래, 네 춤…… 느낌 있다."

표두연이 눈썹을 슥슥 문지르며 말했다. 그 모습을 지켜보던 모나가 벙찐 나 대신 물었다.

"근데 그게 왜 문제야?"

표두연은 모나를 흘낏 한번 쳐다보고는 다시 내게 시선을 맞추며 말했다.

"내 스타일대로 바꾸려고 했으니까."

다시 목덜미가 훗훗해졌다. 그러니까 이거, 내 춤 스타일을 인정해 준다는 소리지? 고수에게 인정받은 것 같아 기분이 좋으면서도 너무 갑작스럽게 받은 평가라 얼떨떨하기도 했다. 그런 나 대신 한껏 신이 난 사람은 호리였다.

"거봐. 내가 뭐랬어. 귤이 춤 짱이라니까! 귤이는 계속 귤이만의 느낌대로 추면 되겠지?"

"어. 그냥 해 봐. 좀 전처럼 자신 있게."

표두연이 덤덤하게 대꾸했다. 여전히 시선은 내게 맞춘 채로. 그 눈을 보니 또 물어보고 싶어졌다. 왜 표두연만 보면 뭔가 묻고 싶어지는지 모를 일이었다.

"그럼 너는?"

세 명의 시선이 소실점처럼 내게 모였다. 표두연에게 던지는 질문은 언제나 사람들의 관심을 끈다. 정작 표두연은 타인의 관심에 그리 흥미를 두고 있는 것 같지 않지만, 사람들의 관심은 늘 표두연의 곁을 맴돌 것이다. 스스로 자신을 드러내려 하지 않아도 저절로 빛나는 사람이 있으니까. 나는 표두연이 빛나는 곳이 무대 위든 학교 운동장 구석이든 상관없다고 생각했다.

"너도 계속 출 거지?"

표두연이 묘한 표정으로 나를 바라보았다. 절대로 깨지지 않는 보석처럼 단단해 보이던 눈동자가 언뜻 흔들리는 것처럼 보인 건 내 착각이었을까.

"……글쎄."

두연이 가만히 웃었다. 밤바람에 두연의 머리카락이 아늘아늘 흔들렸다.

내가 어떤 대답을 기대했는지는 중요하지 않았다. 나는 그저 마주한 아이의 흔들리는 대답을 속에 품고 웃었다.

내가 웃자 모나와 호리도 따라 웃었다. 다 함께 웃으며 흔들리자 흔들리는 것이 당연하게 느껴졌다.

최 영 희 … 돌부리

1.

그때 그 애와 나는 열 살이었고 학교 뒷길에 저류지가 있다는 것도 모르고 있었다.

우천 시에 빗물을 가두어 두었다가 방류하는 곳이라는, 표지판의 설명을 다 읽고서도 저류지의 쓰임을 제대로 이해할 수 없었는데 그건 아무래도 상관없었다. 우리의 눈길을 잡아끈 건 난간에 내걸린 출입금지 푯말과 난간 너머로 보이는 가파른 내리막 계단이었다.

그 애와 나는 잠시 걸음을 멈추고 마주 보았다. 학교 뒷길에 이런 공간이 있으리라곤 상상도 못 했던 것이다.

나는 철제 난간을 두드리며 기분 좋게 앞서갔다. 난간 너머 콘크리트 계단으로 이루어진 낭떠러지는 아직 주인 없는 땅이었고 나는 용감하고 성미 급한 개척자였다. 하지만 저류지 출입구 앞에 다다르자 절로 걸음이 멈춰졌다. 쇠창살 모양 철문이 열려 있었던 것이다.

저류지를 두고 매혹적인 상상이 가능했던 건 철제 난간을 경계로 저 세계와 나의 세계가 완벽하게 분리되어 있다고 믿었기 때문이었다. 하지만 열린 문은 저 아래 저류지와 나의 세계가 이어져 있음을 말해 주었다. 그건 이 세계에 속한 것이 저류지로 흘러들 수도 있고, 저류지에 속한 것이 나의 세계로 넘어올 수도 있다는 뜻이었다.

철문은 '우천 시 수위가 급상승하여 위험하니, 평상시에도 출입을 금한다'는 경고 표지판을 내건 채 안쪽으로 활짝 열려 있었다. 어쩐지 저류지가 누굴 불러들이려고 스스로 문을 열어 둔 느낌이었다. 우린 몸을 움츠리면서도 그 앞으로 바특하게 다가섰다. 저 아래로 저류지의 메마른 바닥이 보였다. 마지막으로 물이 차고 흘렀던 게 언제였는지 콘크리트 바닥에는 마른 흙먼지가 쌓여 있었고, 그 가장자리를 따라 사초와 쐐기풀이 수북하게 돋아 있었다.

나는 그 억센 풀들에 대해 잘 알고 있었다. 어릴 때 두어 해 머물렀던 할머니네 동네에서 흔하게 보았던 풀들이었다. 잎이 가늘고 날카로운 풀이 사초였고, 톱니 모양 잎사귀에 잔털이 촘촘한 것이 쐐기풀이었다.

예닐곱 살 무렵의 어느 여름날, 할머니네 동네 강변 공원에서 길을 잃고 한참을 헤맨 적이 있었다. 풀밭을 정신없이 헤치고 다니느라 사초 잎사귀에 손등이 베이고, 종아리는 쐐기풀독이 올라 벌겋게 부어 있었다. 밤늦게야 나를 찾아낸 할머니는 찬물로 상처 부위를 씻기고, 약을 발라 주었다.

나는 그때의 통증이 떠올라 몸을 떨었다.

그 순간 어디선가 흙냄새가 훅 끼쳐 왔다. 바싹 마른 저류지와는 어울리지 않는 축축한 냄새였다.

"나 갈래."

나는 뒷걸음질 쳤다.

하지만 그 애는 벌써 두 번째 계단을 내려딛는 중이었다. 나는 우리가 뒷길에 오게 된 경위를 떠올렸다. 우리는, 그러니까 그 아이와 나는 친한 사이가 아니었다. 어느 친구의 생일 파티에 함께 초대된 사이일 뿐이었다. 파티 장소는 뒷길에서 그리 멀지 않은 키즈카페였는데, 다른 아이들이 실내 방방에 열중하는 틈에 그 애와 나만 빠져나온 터였다. 작당하고 나선 것도 아닌데 걷다 보니 행선지가 같았다. 파티 중에 누군가가 학교 뒷길에 길고양이 급식소가 있다는 이야기를 했고 우리 둘 다 그 말에 꽂혔던 것이다. 하지만 뒷길에서 우리를 기다린 건 길고양이 급식소가 아니라 저류지였다.

"야, 그냥 가자."

내가 동동거렸지만 그 애는 내리막 계단을 내려가는 데 정신이 팔려 있었다. 생일 파티에 이어 저류지에도 초대받은 것처럼 말이다.

나는 그 애를 두고 뒷길을 되밟아 뛰었다. 아까와 반대 방향에서 바라본 저류지는 굴다리 아래로 이어져 있었다. 그곳에는 한

낮의 풍경과는 어울리지 않는, 짙은 어둠이 고여 있었다. 바람이 웃자란 풀대를 건드린 건지 어둠 속에서 쉿소리가 났다.

키즈카페로 돌아온 나는 꼬마 텐트들이 즐비한 구석으로 달려갔다. 복층 구조의 카페 위층 맘존에 엄마가 있었지만 나는 빈 텐트에 몸을 숨겼다. 어둠 속의 쉿소리가, 젖은 흙냄새를 풍기는 무언가가 나를 쫓아올 것만 같았다.

5분쯤 지나자 그 아이도 돌아왔다.

녀석은 목소리가 갈라지도록 울고 있었다. 맘존에서 엄마들이 달려 내려왔다. 그 애는 보호자 없이 혼자 파티에 온 터라, 생일을 맞은 친구의 엄마가 그 애를 살폈다.

"왜 그래? 무슨 일 있었니?"

그러자 그 애는 구토를 하듯 그 말을 뱉었다.

"저기 뒷길에…… 무섭고 더러운 은소가 있어요!"

"응? 으…… 은소?"

아줌마는 황당하다는 표정으로 카페를 휘휘 둘러보다가 마침 텐트에서 기어 나오는 나를 보았다. 은소는 내 이름이었다.

"무슨 일이야? 너희들 밖에 나갔었니?"

엄마가 다른 아줌마들 앞으로 나서며 물었다. 내가 대꾸할 말을 찾는 틈에 그 애가 다시 소리쳤다.

"뒷길에 무섭고 더러운 은소가 있었어요!"

그러고는 더 자지러지게 우는 것이었다.

“재 왜 저러니? 또 무슨 일인데.”

엄마의 말마디마다 피로한 한숨이 섞여 있었다. 자초지종이 무어든 벌써 넌더리가 난다는 표정이었다.

그 순간 나는 저류지에 정말로 더럽고 무서운 무언가가 있을지도 모른다는 걸 깨달았다. 그리고 그 맥락 없는 깨달음을 감춰야 한다는 것 또한. 나는 저류지에 같이 갔던 아이의 이름과 그 아이에 관한 최근의 정보들을 기억해 냈다. 그러자 이 상황을 종료시킬 만한 답안이 만들어졌다.

“김루 야단치지 마세요. 재, 얼마 전에 엄마가 돌아가셔서 그러는 거예요.”

그 비열한 잔꾀는 즉시 효과를 나타냈고, 나의 답안은 아줌마들의 귀엣말을 타고 키즈카페 구석구석까지 퍼져 나갔다. 어른들은 김루가 관심을 끌려고 소란을 피웠다는 결론에 도달했다.

그날 이후로 나는 김루를 피해 다녔다. 만난 적도 없는 것처럼 그 애의 이름과 얼굴, 키즈카페에 울리던 걱쉰 소리까지 아예 머릿속에서 지워 버리려고 했다. 그리고 언제부턴가 김루는 정말로 내 눈에 띄지 않았다. 같은 중학교에 진학했으니 생활 동선이 겹칠 만도 한데 거짓말처럼 우리는 단 한 번도 마주친 적이 없었다.

하지만 저류지에 다녀온 지 5년이 지난 지금, 나는 내 발로 김루를 찾아갈 궁리를 하고 있다. 그때 김루가 저류지에서 보았다던 ‘무섭고 더러운 존재’가 나타났기 때문이다.

2.

목격자는 나의 새아버지가 될 뻔했던 송현철이었다.

어젯밤, 송현철은 퇴근길에 피습을 당했다. 집 근처 골목에 숨어 있던 괴한이 굳은 흙덩어리로 송현철의 머리를 가격한 것이다. 불의의 일격에 나가떨어진 와중에도 송현철은 괴한의 정체를 알아보았다.

'은소'였다.

퀴퀴한 냄새를 풍기고 표정도 전에 알던 은소와 조금 달랐지만 그럼에도 틀림없는 은소더라 했다. 송현철은 오른쪽 귓바퀴가 찢어져서 응급 봉합 수술을 받았다. 그리고 오늘 새벽, 마취에서 깨어난 뒤 엄마한테 전화를 걸어왔다. 그는 엄마에게 간밤의 피습 정황을 설명한 뒤 신체 상해 및 정신적 충격에 따른 피해 보상을 요구하겠다는 뜻을 분명히 했다.

엄마에게 간밤의 일을 전해 듣자마자 나는 5년 전 김루가 봤다는 그것을 떠올렸다. 열 살의 김루는 그 존재를 무섭고 더럽다고 했고 송현철 말로는 퀴퀴한 냄새를 풍겼다고 했다. 그리고 두 사람 다 그게 나였다고 확신했다. 결국 나를 빼닮은 뭔가가 추레한 몰골로 돌아다닌다는 뜻이었다. 나와 똑같이 나이를 먹으면서 말이다.

엄마는 학교에서 한 블록 떨어진 골목에 차를 세웠다. 평소에는 학교 앞 삼거리를 지나서 내려 주는데 오늘은 도로변이 덜 붐비는 곳에다 차를 댔다. 내게서 들어야 할 말이 있다는 뜻이었다.

"진짜…… 너 아니지?"

송현철의 귓바퀴가 찢어질 때 나는 송현철이 사는 도시에서 직선거리로 50킬로미터나 떨어진 우리 동네의 논술 학원에 있었다. 논술 선생님과 다섯 명의 아이들과 함께 말이다. 학원의 출석 관리 시스템과 CCTV라는 증거가 있으니, 엄마는 송현철의 치료비를 지불할 이유가 없었다. 그런데도 나는 떳떳하지 못한 기분이 들었다. 이유는 알 수 없었다. 5년 전 김루에 이어 송현철까지 '은소'라고 착각하게 만든 그 존재는 대체 누구인가?

목이 탔다. 엄마는 운전대에 이마를 갖다 대고는 길게 숨을 내쉬었다. 열 살 그날처럼 야비한 꾀를 내어서라도 화제를 돌리고 싶은데 머릿속은 하얗기만 했다.

"하긴, 학원에 있는 애가 무슨 수로 거기까지 날아갔겠니? 송현철 그 인간 헛소리에 한두 번 당한 게 아니면서, 내가 또 이런다."

다행히 엄마는 스스로 상황을 정리했다.

"다녀올게요."

나는 엄마가 그 문제를 다시 거론하기 전에 얼른 차에서 내렸다.

평소보다 한 블록 먼 데서 내린 탓에 오랜만에 초등학교 앞을 걸어서 지나갔다. 키즈카페는 몇 해 전에 문을 닫았고 지금은 빙

수 전문점이 들어와 있었다. 하지만 저류지가 있는 뒷길로 이어지는 골목은 예전 그대로였다. 듬성듬성한 가로수와 작은 다리 너머에서 돌연 시작되는 비포장도로. 그 너머로 어수선하게 뻗어 있는 농로들과 버려진 비닐하우스들. 그곳의 시간은 내가 저류지에 갔던 날에 박제되어 있었다.

그동안 왜 기를 쓰고 김루를 잊으려고 했는지 알 것 같았다. 찜찜하고도 불가해한 일들을 김루라는 존재로 압축시킨 다음 뇌리에서 싹 치워 버리려 했던 것이다. 김루를 잊으면 이 골목과 황량하던 저류지도, 짙은 어둠을 감싸고 있던 굴다리도 따라서 소멸될 줄 알았다. 하지만 잊힌 것도 사라진 것도 없었다. 새벽녘 송현철의 사고 소식을 듣자마자 저류지에서의 기억들이 생생하게 복원되었으니까.

김루를 만나야 할 것 같았다. 그 애의 끔찍한 기억을 건드리는 일인지는 모르겠지만 그날 저류지에서 무얼 보았는지 제대로 듣고 싶었다.

담임의 도움으로 김루가 몇 반인지 알아낸 뒤, 옛날 키즈카페 자리에 들어온 빙수 전문점에서 만나기로 약속을 잡았다. 그곳을 약속 장소로 정한 건 김루 본인이었다. 아빠한테 받은 모바일 상품권이 있다며 거기서 보자는 것이었다.

김루가 먼저 와서 기다리고 있었다. 체구도 그리 많이 자라지 않았고, 작은 얼굴을 반이나 가리는 뿔테 안경도 여전했다. 그래선지 저류지에 다녀온 뒤로 녀석이 줄곧 여기서 나를 기다렸던 것만 같았다. 망고빙수와 딸기빙수를 시켜 놓고, 김루가 먼저 입을 떼었다.

"한 번쯤은 그 일로 찾아오리란 거, 알고 있었어."

"어떻게?"

"5년 전 내 말을 유일하게 믿는 사람이 너였거든. 그때 네가 겁먹은 얼굴로 텐트에서 기어 나오는 걸 봤어. 넌 저류지에 그 애가 있다는 걸 알았던 거야."

하지만 김루의 추측과 달리 나는 그 말을 믿은 게 아니었다. 그때 나는 김루와는 다른 이유로 겁에 질려 있었다. 사초와 쐐기풀이 우거진 바닥과, 웃자란 풀대 너머로 어둠이 고여 있던 굴다리, 그리고 바람결에 들려오던 쇳소리. 그날의 저류지는 현실의 공간이 아니라 가장 지독한 악몽을 재현해 낸 무대 같았고, 그런 데라면 끔찍하고 더러운 무언가가 존재할 수도 있겠다고 생각한 것이다.

빙수를 두 개나 시키기에 각자 하나씩 먹자는 뜻인 줄 알았는데, 김루는 두 그릇 사이를 분주히 오가며 빙수를 퍼먹었다. 나중에는 망고빙수에 딸기 조각이, 딸기빙수에 누런 망고즙이 섞여 있을 정도였다. 일단 겉으로 보아선 저류지 사건으로 인한 내상에서 회복된 듯했다. 덕분에 나도 조심스레 저류지 이야기를 이어 갈 수 있었다.

"그때 많이 무서웠지?"

"그날은 좀 놀랐는데 지나고 나니까 오히려 신기한 경험을 한 거였더라고. 저류지에 있던 개, 네 도플갱어잖아."

순간 헛웃음이 터지려는 걸 간신히 참고 다시 물었다.

"대체 저류지에서 뭘 봤던 건데?"

"나 혼자 남았을 때 그 애가 굴다리 그늘에서 기어 나왔어. 머리엔 흙을 잔뜩 뒤집어쓰고 팔뚝이랑 다리 이런 데는 새까맣게 피딱지가 앉아 있었어. 지금 생각해 보면 그냥 불쌍한 애였는데 그땐 나도 어려서 무섭고 더럽다고 생각했던 것 같아. 다음에 네 도플갱어 만나면 미안하다고 좀 전해 주라."

"그걸 나라고, 그러니까 은소라고 생각한 이유는 뭐야?"

"그냥 너였으니까. 아무리 꼬질꼬질하게 하고 있어도 아는 사람 얼굴은 알아볼 수 있잖아. 그리고 걔가 네 얘기도 했어."

"내 얘기?"

"네 냄새가 난다면서 혹시 은소가 왔었냐고 물었어. 그 뒤론 나도 몰라. 정신없이 도망쳤으니까."

그러니까 '그것'은 나를 알고 있는 존재였다.

"너 지금 좀 무섭지?"

김루가 묻기에 일단 잡아뗐다.

"전혀. 그런 게 있다 쳐도 그래 봤자 꼬마인데, 겁낼 게 뭐 있어?"

그때 그 꼬마가 훌쩍 자라서 이제는 열다섯 살 한은소와 닮은 꼴로 돌아다닌다고, 굳이 김루에게 알려 줄 필요는 없었다. 막연한 기대감도 있었다. 저류지에서 김루의 눈에 띈 뒤로 5년간 잠잠했으니, 이번에도 곧 사라질지도 모른다.

하지만 내 기대를 조롱하듯 그것은 다시 등장했다.

목격자는 초등학교 5, 6학년 때 같은 반이었던 윤서지였다. 맘에 안 드는 애가 있으면 굴욕적인 별명을 붙여 놓고 놀리는 악취미를 가진 아이였다. 서지가 지배하는 세상에서 내 이름은 시궁쥐였다. 몇 번인가 머리를 덜 말리고 학교에 갔다가 윤서지 눈에 띈 것이다. 하수구를 헤매고 다니느라 털이 축축해진 쥐 한은소. 나는 꼬박 2년을 시궁쥐로 살다가, 서지와 다른 중학교로 진학하면서 한은소라는 이름을 겨우 되찾은 터였다.

어젯밤 웬 괴한이 윤서지를 어두운 골목으로 몰아넣었다. 괴한은 그 애 발치에 커다란 흙덩이를 던지고 사라졌다. 눈썰미가 남다른 윤서지는 괴한의 정체를 알아보았다. 후드를 깊이 눌러쓰고 있었지만 뾰족한 턱과 특유의 앙다문 입술은 서지가 잘 아는 얼굴이었다. 한때 재미 삼아 으르고 놀았던 시궁쥐 한은소! 윤서지는 내 연락처를 수소문해서 전화를 걸어왔다.

"내가 모를 줄 알았어? 시궁창 냄새가 처음부터 딱 너였다고. 솔직히 말해. 나 죽이려고 했던 거지?"

그것은 단순히 날 닮은 존재가 아니었다. 녀석은 괴물이었다.

괴물은 어느덧 내 인생을 건드리고 있었다.

3.

다음 날 아침, 교실 책상에 앉자마자 난데없이 슬리퍼가 날아들었다.

윤서지의 원격조종 보복이 시작된 모양이었다. 나는 서지의 충직한 친구에게 슬리퍼를 돌려준 뒤 책상에 엎드렸다. 억울하긴 했지만 괴물이 몰고 오는 불길함에 비하면 이런 유의 폭력은, 실체가 명확하다는 점에서 차라리 만만했다.

어쩌다가 세상에 그런 괴물이 돌아다니게 되었는지는 모르지만 이거 하나는 확실했다. 괴물은 내 기억을 제 것처럼 들여다본다는 것. 송현철과 윤서지를 고른 것도, 두 사람을 위협한 방식도 그래야만 설명이 가능했다.

괴물은 송현철의 머리를 가격한 게 아니었다. 녀석은 처음부터 송현철의 오른쪽 귀를 노린 것이었다. 송현철이 작년 봄에 손찌검으로 내 오른쪽 고막을 찢은 장본인이기 때문이다.

송현철이 엄마의 약혼자 자격으로 일주일에 서너 밤은 우리 집에서 자고 가던 시절의 일이었다. 엄마와 나의 생활 방식을 자기 스타일대로 갈아엎는 데 열중하던 시기이기도 했다. 그날은 가족 경조사를 기록해 둔 탁상 달력을 넘기며 이것저것 꼬투리를 잡았다. 그러다가 내가 할머니의 생일을 표시해 둔 날짜도 보게 되었다. 송현철은 그게 엄마의 엄마인 수원 할머니의 생일인 줄 알고, 올해 장모님 생일에는 제주도로 가족 여행을 가자고 했다. 나는 송현철이 정말로 그 날짜에 맞춰 여행 일정을 짤까 봐 사실을 밝혔다. 그러자 송현철의 얼굴에서 좀 전까지의 과장된 열기가 싹 가셨다.

"그런 건 뭐 하러 적어 둔 거냐?"

내게 할머니의 생일은 기일 대신이었다. 몇 월에 돌아가셨는지는 아는데 정확한 날짜는 기억나지 않았다. 그래서 해마다 할머니의 생일인 음력 5월 5일을 달력에 표시해 두었다. 어딘가 억울한 어린이날 같은 느낌을 주는 날짜여서, 잊어버리지 않고 있었던 것이다.

"경조사 달력에는 온 식구가 알아야 하는 것들만 메모해라. 쓸데없는 건 빼고."

그 말이 발단이 되어 고성이 오갔고 송현철은 내 뺨을 후려쳤다. 고막에 천공이 생길 정도의 강한 타격이었다. 한 달 넘게 이비인후과를 다니며 치료를 했지만 지금도 내 오른쪽 귀는 공기의 움직임에 무척이나 예민하다. 고막이 찢어지기 직전 송현철의 두툼한 손에 밀려오던 미세한 공기의 흐름을 귓속 세포들이 기억하고 있었다. 괴물은 그때 일을 알고서 송현철의 오른쪽 귀를 노린 것이다.

과거 사건에 대한 충실한 복수, 놈의 목적은 그것이었다.

윤서지의 경우도 마찬가지였다. 괴물이 윤서지의 발치에 흙덩이를 던진 건 6학년 때 있었던 사건의 재현이었다. 그때 서지는 교실에서 다른 애들과 잡기놀이를 하던 중이었다. 술래가 따라붙자 서지는 뭐든 손에 잡히는 대로 집어 던지기 시작했다. 그러다가 내 필통까지 움켜쥐게 된 것이다.

"안 돼! 돌려줘!"

나는 자리를 박차고 일어섰다.

오래된 크레파스를 따로 담아 다니던 필통이었다. 크레파스는 할머니와 함께한 인생에서 유일하게 챙겨 나온 물건이었다. 크레파스만 무사히 돌려받을 수 있다면 플라스틱 필통은 어떻게 되든 상관없었다. 하지만 윤서지는 예리한 포식자였다. 무심코 집어 든 그 필통 안에 시궁쥐 한은소의 보물이 들어 있다는 걸 알아차린 것이었다. 나를 보던 서지의 얼굴에 차차 잔인한 웃음이 번졌고, 필통은 내 발치에서 박살이 났다.

뚜껑이 반쯤 떨어져 나간 필통 둘레에 조각난 크레파스들이 흩어져 있었다. 나는 눈물이 쏟아지기 전에 얼른 그 바스러진 것들을 모아다가 휴지통에 버렸다. 그때 나는 서지에게 달려들지 못했다. 네깟 게 지키긴 뭘 지켜! 힐난의 대상은 나였다.

괴물은 나 보란 듯이 서지를 찾아가 흙덩이를 던졌다. 서지가 아끼는 걸 박살 냈더라면 더 완벽한 그림이 완성되었겠지만 괴물이 구할 수 있는 게 흙덩이밖에 없었던 모양이다.

괴물의 활동 패턴은 파악되었으나 놈의 정체는 여전히 오리무중이었다. 대체 놈은 무엇이며, 왜 나 대신 복수를 하고 다니는가.

한숨만 내쉬고 있는데 누군가 내 어깨를 두드렸다. 김루였다.

"뭐야? 너도 윤서지가 보낸 거야?"

그러자 김루는 콧김이 닿을 정도로 얼굴을 가까이 들이밀며 소곤거렸다. 저번에 빙수 전문점에서 못다 한 이야기가 있으니, 4층 분실물 상자 있는 데로 따라오라는 것이었다.

김루는 이번 학기에 분실물 센터 봉사를 맡았다고 했다. 분실물 상자에 접수된 물건들을 분류 기준에 따라 진열장에 정리하고 목록을 만드는 일이었다. 일의 양에 비해 인정되는 봉사 시간이 적어서 지원자가 거의 없다고 들었는데 김루가 이 일을 맡고 있을 줄은 몰랐다.

"사람들이 잃어버린 것들, 사라지는 것들에 관심이 좀 많아서 말이야."

몇 년 동안, 정확히는 저류지에 다녀온 그날 이후로 단 한 번도 눈에 띄지 않았던 김루였다. 하지만 녀석은 내가 일상적으로 지나다니는 공간에, 이토록 분명한 자기 영역을 마련해 두고 있었다. 김루는 분실물 상자에 등을 대고 앉더니 제 옆쪽 바닥을 가리켰다. 나도 어정쩡하게 자리를 잡고 앉았다.

"내가 좋아하는 책에 이런 구절이 있어. '때로는 다른 세계로 가는 벽장문이 열리기도 한다. 당신이 믿건 아니건.' 그러니까 5년 전 그때 한은소의 세상에 불가사의한 벽장문이 열린 거야."

"『나니아 연대기』 그런 거야? 그 책에 보면 주인공들이 벽장을 통해서 나니아로 들어가잖아."

"아니. 요즘 읽고 있는 책 서문에서 본 거야. 내 인생 책인 『세상에 저런 미스터리가』를 출간한 출판사에서 요번에 후속작을 냈거든. 『순례자들』이라는 책인데 아직 1권밖에 안 나왔어. 아무튼 그 책 서문에 따르면 너도 순례자야. 열린 벽장문 안으로 들어가서 보물을 가져오는 사람. 물론 개고생은 각오해야 할 거야."

『세상에 저런 미스터리가』 같은 이상한 제목의 책을 인생 책으로 꼽는 사람도, 이런 유의 이야기를 이토록 진지한 얼굴로 늘어놓는 사람도 김루가 처음이었다. 하지만 김루의 허무맹랑한 이야기에는 뜻밖의 각성 효과가 있었다. 정신을 똑바로 차리지 않으면 점점 더 희한한 상황에 말려들지도 모른다는 것. 나는 어떻게든 상식적인 대처로 일상을 되찾고 싶었다.

괴물은 과거에 내가 겪은 부당한 일들을 가해자들에게 되갚아 주고 있었다. 하지만 결과적으로는 또 다른 형태의 폭력과 오해만 초래했다. 나는 송현철과 윤서지 사건이 나와 무관하다고 적극적으로 항변할 수 없었다. 그랬다간 괴물의 존재가, 나조차도 다 파악 못한 비밀이 세상에 드러날지도 모르니까.

"이건 특별히 너한테만 알려 주는 건데……."

듣는 사람도 없는데 김루는 목소리를 낮추었다.

"실은 나도 순례자야. 난 가끔씩 사라져. 분명 그대로 있는데도 투명 망토를 쓴 것처럼 남들 눈에는 안 보이는 상태가 돼. 이 세상과의 연결 고리가 잠깐씩 끊기는 거야. 대처법은 있어. 사람들한테 자꾸 말을 걸면 돼. 그러면 사람들이 나를 쳐다보게 되고 나도 멀쩡히 존재하는 거지. 또 한 가지 방법은 누가 날 찾거나 이름을 불러 주는 거야. 그러면 사라졌다가도 다시 보이게 돼."

김루는 더 나직이, 아예 귀엣말로 속삭였다.

"이건 진짜 너한테만 말해 주는 건데, 누군가 나를 부르면 난 언제 어디서든 그 소리를 들을 수 있어."

때마침 예비종이 울리기에 나는 얼른 자리를 털고 일어났다. 하지만 김루가 손을 내밀었다.

"순례자 한은소, 잘 다녀와."

"어…… 어딜?"

"어디긴. 벽장문 너머지."

나는 김루와 어색한 악수를 나누며 저류지에 다녀온 날의 일을 후회했다. 다시 그때로 돌아간다면 맹세코 사람들 앞에서 김루의 엄마 이야기를 꺼내진 않을 터였다. 이제라도 사과하고 싶은데 김루는 벌써 제 교실 쪽으로 멀어져 가고 있었다.

그로부터 두 시간 뒤, 3교시 쉬는 시간에 담임이 교실로 나를 찾아왔다. 엄마가 급한 일로 학교 앞에 와 있으니 잠시 다녀오라는 것이었다.

"어머니한테 학교 안 갈 거라고 했니? 너 진짜 학교에 있는 거 맞느냐고 몇 번이나 물어보시더라. 아무튼 얼른 가 봐."

괴물이었다. 녀석이 이번에는 엄마를 찾아간 것이다!

4.

엄마는 왼쪽 뺨에 길게 흉터 밴드를 붙이고 있었다. 하얀 셔츠 목깃에는 피가 묻어 있었다. 엄마는 오르막 차로의 막다른 지점에 있는 동네 공터에 차를 대었다.

"한은소, 뭔가 알고 있지, 너?"

엄마의 목소리가 떨리고 있었다.

"걔가 엄마도 때렸어?"

"걔? 아예 절친이라 하지 그러니?"

엄마가 가게 오픈 준비를 하고 있을 때 괴물이 들이닥친 모양이었다. 엄마는 우리 아파트 단지 내 상가에서 작은 네일숍을 운영한다.

"말 한마디 없이 갑자기 카운터 선반 쪽으로 흙덩이를 집어 던졌어. 내가 바로 그 밑에 앉아 있는데도 말이야. 선반이 깨지면서 풍차 오르골도 박살이 났어!"

엄마는 나한테 화를 내고 있었다. 억울해서 눈물이 나려는 걸 꾹 참고 되물었다.

"그 애, 어떻게 생겼어?"

"어딜 쏘다녔는지 곰팡내를 풍기는 것만 빼면 그냥 한은소 너던데? 특히 그 눈……. 너, 만날 엄마 눈 피하더니 그런 눈빛을 감추고 살았던 거니? 엄마가 그렇게 싫어 죽겠어?"

"왜 그렇게 말해? 그거 나 아니란 거 엄마도 알면서!"

"그럼 누군데? 대체 걔는 뭐야?"

차에서 내려 공터 끝까지 달렸다. 저 아래 공단 지대로 이어지는 좁은 계단길이 보였다. 무작정 계단길로 내려서는데 엄마가 차를 돌리는 기척이 났다. 그제야 눈물이 왈칵 솟구쳤다.

"안 그래도 그 오르골 꼴 보기 싫었어."

괴물은 이번에도 원칙에 따라 복수를 완수했다.

그 오르골은 엄마의 세상이 아빠와 나를 만나서 삐끗하기 전에, 그 홀가분하던 세상에서 챙겨 온 기념품이었다. 오래전, 갑자기 짐을 챙겨 할머니네 동네로 가야 했을 때도 엄마는 오르골부터 자기 가방에 넣었다. 나만 할머니네 동네 강변 공원에 남겨 두고 갈 때도 오르골은 엄마의 가방에 있었고, 할머니가 돌아가신 뒤 다시 같이 살게 되었을 때도 엄마는 오르골을 안방 침대 옆에 두고 있었다.

그래서 늘 엄마의 오르골이 미웠다.

나는 아끼던 것들을 두고 떠나와야 했다. 할머니가 시장에서 사다 준 원피스 잠옷, 할머니의 옛날 사진, 비밀스러운 딸꾹질 소리를 내며 닫히던 할머니의 가죽 안경집, 책상 서랍에 모아 두었던 풀씨와 자갈들, 아끼던 동화책들……. 나는 어린 시절 내 보물들과 이별해야 했는데 풍차 오르골은 늘 멀쩡히, 엄마의 손 닿는 곳에 있었다. 나 대신, 괴물이 그걸 부수었다.

잘했어, 괴물아. 정말 후련해.

하지만 이게 끝은 아닐 터였다. 다음은 누굴까. 괴물은 나와의 거리를 차근차근 좁혀 왔다. 다른 도시에 사는 송현철에 이어, 옆 학교에 다니는 윤서지 앞에 나타났다. 오늘 아침엔 대담하게 엄마의 가게에 등장했다. 그렇다면 다음은……. 대답에 도달한 건 계단길의 끝에 이르러서였다.

내 차례였다.

복수극이 아니었다. 놈은 내 인생을 자기 스타일대로 재정비하고 있었다. 나는 시도조차 하지 못했던 방식으로 말이다. 그리고 나는…… 마지막 정비 대상이었다.

내가 먼저 괴물을 찾아야 했다.

놈은 분명 나를 감시하며 살았을 것이다. 내 주위를 맴돌며 때를 기다렸겠지. 그리하여 나는 다시 저류지를 떠올리게 되었다. 사초와 쐐기풀이 우거져 있던 그곳…….

5.

공단 앞길에서 택시를 타고 초등학교 앞에 내렸다. 학교와 빙수 전문점 사잇길로 접어드는데 김루의 마지막 인사가 떠올랐다.

순례자 한은소, 잘 다녀와.

학교 뒷담과 저류지 사이의 좁은 길. 저기로 들어서면 무언가 돌이킬 수 없는 일이 벌어질 것만 같았다. 누구에게라도 인사를 남기고 싶은데 마땅한 상대가 없었다. 엄마의 지금 남자친구인 남경반점 사장, 손뜨개 헤어밴드를 선물해 주던 네일숍 단골 아줌마, 초등학교 담장에다 '윤서지 지옥 가라'라는 낙서를 남긴 이름 모를 아이까지. 언뜻 뇌리를 스친 이들은 얼굴을 모르거나 전화번호가 없거나 연락이 끊긴 사람들이었다. 결국 한숨 끝에 다다른 이름은 그 녀석이었다.

"김루, 나 다녀올게."

맹세코 누가 자기를 부르면 언제든 들을 수 있다던 말을 믿어서가 아니었다. 녀석이 이름을 불러 줄 누군가를 필요로 하는 것처럼 나는 내 인사를 들어 줄 누군가가 필요했을 뿐이다.

그때와 달리 저류지 출입문은 굳게 잠겨 있었다. 하지만 그사이 내가 자랐다. 나는 격자로 된 철제 난간을 뛰어넘어 내리막 계단을 따라 내려갔다.

저류지 바닥에 이르자 5년 전 그날의 기분이 되살아났다. 저류지는 어릴 적에 길을 잃었던 강변 공원을 옮겨 놓은 듯했다. 그때 나는 콘크리트 길만 따라 걸었다. 풀밭으로 가면 뱀이 나올 것 같아서였다. 사초와 쐐기풀이 콘크리트를 뚫고 나와서 풀숲을 이루었을 줄은 몰랐었다. 엄마는 공원에서 잠깐만 기다리면 할머니가

올 거라 했는데 날이 깜깜해지도록 나는 혼자였다. 불어난 강물 소리와 웃자란 풀대 때문에 할머니와 계속 엇갈렸던 것이다. 그 날 나는 혼자 남겨진 아이의 세상에선 풀도 살갗을 베고 풀도 사람을 쏜다는 걸 배웠다. 사초와 쐐기풀이 우거진 저류지는 그 강변 공원의 축소판이었다.

놈이 은신처로 삼을 만한 곳은 딱 한 군데밖에 없었다. 그때나 지금이나 유독 그늘이 짙은 굴다리 아래쪽……. 괴물은 분명 저 어둠 속에서 나를 지켜보고 있다. 엄폐물 하나 없이 한낮의 빛 속에 서 있는 나를 조롱하고 있을지도 몰랐다.

"너도 나와! 거기 있는 거 다 아니까 나오라고!"

나는 저류지 바닥의 흙을 한 움큼 집어 다리 밑으로 던졌다. 곧이어 젖은 흙냄새가 훅 끼쳐 왔다.

발을 끄는 소리가 가까워지더니 다리 그늘과 볕의 경계면에 괴물이 모습을 드러냈다. 얼추 나와 비슷한 키에, 내가 평상복으로 즐겨 입는 것과 똑같은 노란 후드티 차림이었다. 머리카락이며 뺨, 목덜미 할 거 없이 온통 흙투성이였지만 눈, 코, 입은 내가 거울 속에서 마주하던 것들 그대로였다. 놈은 흙먼지를 뒤집어쓴 한은소로 보였다.

"은소야……."

괴물이 나를 불렀다.

나는 서너 발짝 물러설 수밖에 없었다. 거친 속삭임에 가까운 목소리 때문도 아니었고, 놈이 송현철과 윤서지에게 드러냈던 폭력성 때문도 아니었다. 살짝 벌어진 놈의 입 속이 비어 있어서였다. 치아나 혀가 있어야 할 자리엔 검은 허공뿐이었다. 열 살의 김루가 보았다는 '더럽고 무서운 은소'가 내 눈앞에 있었다.

"너 누구야? 넌 사람도 아니잖아. 너 같은 게 왜 세상에 존재하는 거냐고?"

괴물은 대답 대신 나를 빤히 보며 웃었다. 비틀린 검은 웃음 속에 모종의 기대감이 느껴졌다. 놈은 내게 뭔가 바라는 게 있었다. 알고 싶지 않았다. 내가 아는 건 괴물이 사라져야 한다는 것뿐이었다. 놈이 돌아다니는 한 나는 절대 평범한 일상으로 돌아갈 수 없을 것이다.

"송현철, 윤서지, 엄마……. 그다음은 내 차례지? 나한테는 무슨 짓을 하려던 거였어?"

그러자 괴물의 입에서 웃음기가 가셨다. 뚫어져라 나를 보던 눈길도 거두었다. 그 꼴이 여러 날 굶어서 허약해진 짐승 같았다. 이대로 엉겨 붙어 싸운다면 승산이 있을 터였다.

"네가 무슨 생각을 하는지 알아. 하지만 은소야, 우린…… 서로를 못 죽여."

다시 고개를 든 놈의 눈빛에는 슬픔인지 노여움인지 모를 감정이 엉겨 있었다. 나는 급히 다가가서 녀석의 손목을 움켜쥐었다.

"그럼 어쩌라고? 네가 내 주변에 돌아다니는 걸 보고만 있으라고?"

괴물은 대꾸를 않고 굴다리 그늘 쪽으로 몸을 틀었다. 하지만 나는 괴물을 봐줄 마음이 없었다.

"어딜 내빼려고? 혹시 내 악몽에서 기어 나온 거야? 꿈에서 나를 죽이려고 달려들던 게……."

그러자 괴물이 나를 바닥으로 떠밀었다.

"나쁜 년. 네가 날 뭐라 부르는지 알아. 내가 왜 괴물이야? 나는…… 지키고 싶은 걸 지키며 살아온 은소야."

괴물은 굴다리 아래 어둠 속으로 훌쩍 사라져 버렸다.

놈이 섰던 자리에는 흙냄새만 짙게 남아 있었다. 그건 송현철이 맡았다던 퀴퀴한 냄새였고 놈의 체취였다. 나 또한 기억 저편 어디선가 맡아 본 냄새였다. 하지만 드문드문한 기억들을 톺아보아도 냄새의 출처는 알 수가 없었다. 기억의 실마리가 보일 듯하다가도 내가 다가서려 하면 어둠 속으로 훅 물러나 버리는 것이었다.

나는 굴다리 아래를 노려보았다. 괴물은 과거를 내 앞에 몰아다 놓았다. 그제야 나는 냄새의 속성을 이해했다. 흙냄새 스스로 봉인된 기억을 몰고 올 것이다.

놈이 사라진 허공에 대고 숨을 깊이 들이쉬었다. 젖은 흙냄새는 시시각각 묽어졌고, 마침내 비릿한 바람 냄새만 감돌았다. 기억 속 어딘가, 흙에 코를 박고 있는 아이가 보였다.

고갯마루 흙길에 넘어져 울고 있는 그 어린애는 나였다.

할머니랑 살던 동네로, 여덟 살에 엄마 손에 이끌려 떠나온 뒤로는 한 번도 찾지 않았던 그곳으로 가야 했다.

벽장문 너머 나의 순례지는 저류지가 아니라 거기였다.

6.

엄마가 찾아온 건 할머니의 장례식 이틀째 날이었다. 강변 공원에 혼자 남겨진 날로부터 2년 만의 재회였다.

엄마는 다짜고짜 나를 잡아끌었다. 아빠가 도착하기 전에 얼른 떠나야 한다는 것이었다. 엄마랑 헤어진 뒤 먼 외국에 나가 살던 아빠는 비행기를 갈아타며 날아오는 중이었다. 아빠에 대한 기억이 거의 없는 나는 엄마가 왜 그토록 서둘러 거길 떠나려 하는지 알지 못했다.

엄마에게 자세한 내막을 들었다고 해도 발걸음이 쉽게 떨어지지는 않았을 것이다. 그 장례식장은 엄마와 아빠가 아니라 할머니와 나를 위한 곳이었으니까. 엄마 아빠는 손님에 지나지 않았다. 생전에 할머니가 습관처럼 하던 말이 있다.

"내 새끼는 우리 은소 하나여. 할머니는 은소만 있으면 돼."

그건 누구도 침범할 수 없는, 우리 둘만의 유대를 다지는 주문이었다. 그 주문 덕에 나는 강변 공원에서 사초에 베이고 쐐기 풀독이 오른 채 발견된 날부터 할머니의 심장이 갑자기 멈춰 버린 날까지, 내 인생에서 가장 배부르고 반질반질한 시절을 보낼 수 있었다.

엄마는 장례식장이 있던 성당 뒷길로 나를 데려갔다. 가로등도 없는 작은 길을 따라가다가 오르막길로 접어들었다. 옛날 외지에서 온 장사꾼들이 수레를 끌고 드나들던 길이어서 동네 어른들이 수레넘재라 부르는 고갯길이었다. 수레넘재를 넘어가면 시외버스들이 멈추는 정류장이 있었다. 고갯마루가 가까워지자 할머니를 두고 왔다는 게 실감 나기 시작했다.

"할머니한테 갈래."

하지만 엄마는 고삐를 당기듯 내 손을 잡아끌 뿐이었다.

"장례식장에서 네가 뭘 할 건데?"

눈물이 나려는 걸 참았더니 배 속이 아렸다. 내 새끼는 은소밖에 없다던 할머니의 말이 귓전에서 가슴으로, 또 내장 구석구석까지 퍼지고 있었다. 내가 주춤거리자 엄마는 내 손을 뿌리치듯 놓았다.

"계속 고집부릴 거면 혼자 남든지 해."

그러고는 수레넘재의 외길을 따라 앞서가는 것이었다. 먼 가로등과 여린 달빛 아래, 엄마의 긴 그림자가 내 쪽으로 드리워졌다. 가방을 든 그림자는 엄마를 바삐 좇아가고 있었다. 그제야 나는 내 가방이 엄마한테 있다는 걸 깨달았다. 가방에는 할머니가 사준 크레파스가 들어 있었다. 가방을 움켜쥐고 앞서가던 엄마의 그림자가 나를 을렀다.

'잘 봐. 네 가방을 누가 들고 있는지. 할머니와 함께하던 시절은 끝났어. 눈치껏 서두르는 게 좋을 거다.'

어느 틈에 엄마는 고갯마루를 넘어서 다리부터 조금씩 사라지고 있었다. 나는 엄마를 쫓아 뛰었다. 하지만 고갯마루에 조금 못 미친 데서 고꾸라지고 말았다.

돌부리에 걸려 넘어진 것이다.

무릎을 찧고 손바닥이 쓸렸는데도 아프지가 않았다. 흙바닥에 부딪치는 내 숨소리와, 들숨을 따라 날아드는 흙냄새가 통증을 먼 데로 밀어 버린 것이었다. 밤이슬이 내린 흙길에선 물비린내가 났다. 그리고 그 비린내 사이에 결이 다른 곰팡내가 섞여 있었다. 파헤쳐진 땅에서 올라오는 묵은 냄새였다. 할머니가 정원의 돌을 들추거나 텃밭을 갈아엎을 때 나던 냄새였다. 나는 몸을 일으키고 뒤를 돌아보았다. 제법 큼지막한 돌부리가 보였다. 내가 걸려 넘어지면서 뽑힌 돌부리 아래 틈새에서 냄새가 뿜어져 나오고 있었다.

그 퀴퀴하고 축축한 냄새 너머로, 장례식장이 있는 성당의 종탑이 보였다. 종탑의 외벽을 따라 점점이 늘어선 등이 길고 긴 말줄임표 같았다.

"……할머니."

참아 볼 새도 없이 눈물이 났다. 어디선가 목소리가 들려온 건 그때였다.

— 한은소, 정말 할머니만 저기 두고 갈 거야?

그 밤, 어두운 흙길에는 나 말고 누군가가 있었다.

그래서 열다섯 살의 나는 여기로 돌아와야 했다. 수레넘재 고갯마루로, 벽장문 너머 나의 순례지이자 열다섯 해 인생을 통틀어 가장 고통스러웠던 순간으로…….

나는 강변에 남겨졌던 밤이 내 인생에서 가장 지독한 시간이었다고 믿고 있었다. 하지만 아니었다. 그때는 사촌와 쐐기풀 밭을 지나 결국 할머니와 만났었다. 떠올리는 것만으로 머릿속이 델 것 같은 순간은 따로 있었다. 할머니의 장례식을 끝내지 못하고 떠나던 그 밤…….

'무섭고 더러운 은소'는 그 밤에 이곳 고갯마루에서 태어났다.

어둠이 내린 고갯마루에선 그때처럼 축축한 흙냄새가 풍겼다. 나는 흙길에 앉아 가만가만 바닥을 더듬었다. 고갯마루에서 그리 멀지 않은 데였으니 이 근처가 틀림없었다. 자잘한 자갈들만 만져질 뿐 그때 그 돌부리는 찾을 수 없었지만 녀석은 그 자리를 기억할 터였다. 나는 손으로 흙바닥을 쓸며 녀석을 불렀다.

"돌아와. 네가 태어난 곳으로 와."

바람의 방향이 바뀌고 흙냄새가 짙어졌다. 또 한 명의 은소가 달빛을 등지고 서 있었다.

"그때 넌 엄마를 따라갔지만 난 남아서 네 인생을 지켰어. 할머니의 삼일장도 지켜봤고, 아빠가 인부들을 데려와서 할머니의 집을 허물 때도 거기 있었어."

괴물의 눈길이 잠시 저 아래 마을에 머물다 돌아왔다.

"그 모든 일을 마치고서야 널 찾아갔어. 엄마를 따라갔으니까 잘 지내고 있을 줄 알았는데 아니었어. 누가 괴롭혀도 참기만 하고 엄마 눈치나 보면서 살더라. 겁쟁이처럼 말이야. 나라도 대신 싸워 주고 싶었는데 그땐 나도 어려서 뭘 할 수가 없었어. 그런데 우리 이제 컸잖아. 널 아프게 한 인간들한테 복수든 경고든 뭐든 할 수 있어."

그제야 저류지에서 날 보던 빤한 눈길을 이해할 수 있었다. 녀석은 내 칭찬을 바랐던 것이다.

"여기저기 나타나서 흙덩이를 던져 대면 내가 좋아할 줄 알았어?"

"그랬지. 내가 잘못 짚었던 거야. 넌 그 세계에 아무 미련이 없는 녀석인데 말이야. 남들이 널 어떻게 대하든 하루 또 하루 시간을 때울 궁리만 했지. 아니야?"

괴물이 갑자기 나를 덮쳐 왔다. 놈은 내 가슴팍에 무릎을 꿇고 앉았다. 몸부림을 쳐 보았지만 꿈쩍도 하지 않았다. 태어난 곳으로 돌아온 괴물은 저류지에서보다 강했다.

"네가 좋아하던 건 모두 여기 두고 갔잖아. 할머니, 크레파스를 고르던 문구점, 할머니가 머리를 할 때면 기다리다 골이 나서 싸돌아다니던 미용실 앞길……. 그러니까 나랑 같이 여기서 살아."

괴물이 움직일 때마다 내 얼굴로 흙이 바스러져 내렸다. 놈의 체취에 속이 울렁거렸다. 그건 해작여진 땅의 냄새였고, 파헤쳐진 상처에서 올라오는 악취였다. 시간만 때우며 살았다는 괴물의 말은 옳았다. 뭔가 나아지길 바라기보다 이 정도면 견딜 만하다고 스스로 세뇌하며 지냈으니까.

"돌아가도 네 자리는 없어. 그 세계와 너를 이어 주는 끈 같은 건 없으니까."

끈이라는 말에 김루가 떠올랐다. 세상과의 연결 고리가 잠깐씩 끊어진다고 했던가. 김루는 제 편에서 사람들한테 말을 걸거나 누가 녀석의 이름을 불러 주면 다시 현실로 돌아올 수 있다고 했다.

"날 어쩌려는 거야?"

"우린 하나가 될 거야. 내가 너와 이 세계를 이어 줄 거니까. 우린 저 아래 강변을 쏘다니며 살 거야. 네가 내내 그리워하던 그때로 돌아가는 거지."

괴물이 더 강하게 내 몸을 내리눌렀다. 놈이 천천히 입을 벌리자 검은 허공이 나를 굽어보았다. 어둠이 나를 덮치려는 순간, 나는 돌아가서 해야 할 일을 기억해 냈다.

"난 돌아가야 해. 돌아갈 거야. 가서, 김루한테 미안하다고 말할 거야."

난 더 이상 돌부리에 걸려 넘어지던 꼬마가 아니었다. 큰 애착을 느끼며 살진 못했어도 삶을 포기한 것 또한 아니었다. 그랬다면 고갯마루에 이 은소를 남겨 두고 엄마를 좇아가지도 않았을 테니까.

"김루 얘기가 왜 나와? 우리한테 걔가 무슨 의미가 있다고."

"의미 같은 건 없어. 내가 상처를 줬으니까 가서 용서를 구하겠단 거야."

내 혀끝에서 시작된 일이었다. 기억에도 없는 일이라고 내 자신을 속인 적도 있었다. 하지만 어설픈 자기암시는 고장 난 엔진에 얄팍한 천을 씌우는 일에 지나지 않았다. 오래 미뤄 온 말들로 혀끝이 아렸다. 더 늦기 전에 일을 바로잡아야 했다.

녀석의 무릎에서 힘이 빠져나가는 게 느껴졌다.

"용서……."

녀석은 스스로 내 가슴팍에서 내려와 저만치 흙길에 누웠다.

"그럼 나는?"

"넌……."

나는 손을 뻗어 은소의 손을 잡았다.

"넌, 내가 하지 못한 것들을 대신 해 준 은소야."

"은소…… 은소……."

녀석은 제 것이기도 하고 내 것이기도 한 이름을 되뇌다가 내 쪽으로 고개를 돌렸다.

"네가 그 이름으로 불러 주길 기다렸어."

은소도 내 손을 쥐었다.

멀리 강변 쪽에서 왁자한 소리가 들릴 즈음 녀석에게 물었다.

"할머니 얼굴 기억나?"

"응."

어딘가 노여워 보이던 매부리코, 빗금 모양 주름이 진 눈두덩, 문신의 색이 바래서 가늘고 푸르던 눈썹……. 내가 아는 걸 녀석이 모를 리 없는데도 나는 자꾸 물었다.

"황금색 꽃무늬 조끼랑 칠이 벗겨져 있던 자석 팔찌도 생각나? 나중에 물려주겠다고 할머니가 약속했던 것들 말이야."

"그래."

"밤마다 머리맡에서 넋두리하시던 건? 좀 슬프고 지겨운 이야기들이었지만 그래도 결말은 좋았잖아. 할머니한테는 은소가 있어서 괜찮다는 말로 끝났으니까."

은소는 대답이 없었다. 나는 녀석 쪽으로 돌아누웠다. 바람이 지날 때마다 은소는 흙먼지가 되어 흩어지고 있었다.

"고마웠어, 은소야. 할머니의 마지막을 지켜 줘서. 그리고 나한테 와 줘서."

나는 점점 작아지는 은소의 손을 내 쪽으로 끌어당겼다.

다시 바람이 불었을 때 고갯마루엔 나 혼자였다.

엄마에게서 문자메시지가 여러 개 와 있었다. 어디서 무얼 하는지 묻는 말들이었다. 습관처럼 변명 가득한 말들을 쓰다가 말고 지웠다. 밤에 들어가겠다는 답만 보낸 뒤 휴대폰을 주머니에 도로 넣었다. 나는 저 아래 성당의 종탑을 바라보다가 돌아섰다.

"김루! 내 목소리 들려?"

누군가를 떠올리는 것만으로 나와 그 세계가 이어질 수 있다는 걸 이제는 안다.

"이게 네가 말한 순례였는지는 모르겠지만 이제 돌아가려고. 만나면 꼭 사과하고 싶어. 내일 학교에서 보자."

물론 누가 자기를 부르면 어디서든 들을 수 있다던 김루의 말을 믿는 건 아니었다.

오 하 림 … 이솔은 상냥하지 않아

이솔이 수업에 들어오지 않았다. 그 애의 자리가 비어 있고 나는 소용없는 줄 알면서도 문자를 몇 통 넣는다. 현재 시각은 수요일 오전 9시 15분.

따지고 보면 저기 앉은 날보다 앉지 않은 날이 더 많으므로 이솔의 자리라 부르기도 민망하다. 그래도 수업의 반은 듣겠다고 뒷문으로 기어드는 날이 있다. 그날이 오늘일까 싶어 나는 힐금힐금 뒤를 돌아본다. 수업이 끝나도록 이솔은 나타나지 않는다.

보통 '자냐?' 하고 보내면 '잔다' 하고 답이 오는데 오늘은 아예 읽은 표시가 없다. 깊게 잠드신 줄로 알고 동기들과 점심 먹으러 가는 길에 전화를 건다. 열두 시 반 수업에 헐레벌떡 뛰어오려면 슬슬 기상하셔야 함이다.

받지 않는다. 이솔이 오후 수업까지 연달아 자체 휴강한 적은 없었기 때문에 나는 께름칙한 기분이 든다. 휴강, 휴강 하다가 탈강되는 수가 있다. 나는 학문을 취미처럼 하는 친우의 자유분방함에 혀를 내두르며 홀로 수업에 간다. 이솔은 도무지 소식이 없다.

이솔의 평소 응답률은 100%, 평균 응답 시간은 1분 미만이다.

학교에 행차할 때 예고를 하고, 오늘처럼 방문 일정이 연기되거나 취소되었을 때는 꼭 알린다. 음주 가무의 후유증이나 교통 체증, 참을 수 없는 장의 신호 등, 때맞춰 오는 데엔 별 이유가 없지만 지각하는 사연은 날따라 가지각색이다.(톨스토이가 이 비슷한 말을 했던가?) 이솔이 아홉 시 전공을 빠지는 건 예사지만 연락도 없이 열두 시 반 교양을 빠지는 건 예삿일이 아니므로 오늘의 사연은 좀 특별할 테다.

나는 초조하게 휴대폰을 내려다보다가 무심코 연예 뉴스 페이지를 연다. '많이 본 뉴스' 목록을 손가락으로 천천히 훑는다. 나도 모르게 숨이 멈춘다. 나와 이솔에게 익숙한 얼굴, 그러나 익숙하지 않은 이름을 가진 이가 화면 속에 떠 있다. 막막함이 나한테까지 몰려든다. 예감이 좋지 않다.

이거 소극적으로 이솔의 행방을 찾을 때가 아니다. 나는 최후의 수단을 쓴다.

— 이든아, 미안한데 혹시 너네 언니 집에 있어?

이솔의 혈육에게 인스타그램 DM을 보낸다. 몸을 비비 꼬며 수업을 듣고 있으려니 몇 분 후 답장이 온다.

— 언니 오늘 시골 내려갔을걸?

— 왜, 시골에 무슨 일 있어?

— 아니. 그냥 놀러 간댔어.

— 음…… 학교는 안 온대?

— 몰라. 학점 포기하고 인생을 즐길 건가 봐.

— 넌 나중에 너네 언니 닮으면 안 돼. 진짜로.

— 생각해 볼게.

이든이 윙크와 함께 답한다.

나는 방금 포털 메인에서 마주친 아이돌 가수를 떠올리며 이솔이 정말 그 애 조부모님 댁에 가 있을 확률을 가늠한다. 행선지가 아무래도 영 생뚱맞다. 원래부터 이리 튀고 저리 튀는 친구긴 한데 오늘은 참 멀리도 튀었다.

나는 조용히 가방을 싸 들고 세상 죄스러운 표정으로 강의실을 빠져나온다. 복도에서 다시 전화를 걸어 보지만 돌아오는 건 신호음뿐. 한달음에 닿은 버스 정류장 앞에서 나는 망설인다. 이제 확인할 방법은 하나다.

내버려 두기에는 내가 이솔을 너무 많이 알고 있다. 무엇이 그 애를 숨고 싶게 만드는지, 상처가 어디에서 왔는지. 이솔이 바람처럼 휙 사라진 게 처음은 아니지만 내가 쫓아가기는 처음이다. 나는 오늘만큼은 친구의 마음을 구할 수 있을지도 모른다.

한 시간 뒤, 나는 남쪽으로 향하는 고속버스 안에 우두커니 앉아 있다. 조부모님 댁의 주소를 묻는 내가 이든에게 수상쩍어 보이진 않았을지 문득 궁금하다. '주소? 우리 할아버지 댁 주소?' 하고 백번 되물을 수도 있는 일이었다. 하지만 착한 그 애는 전화

번호까지 알려 주면서, 두 분이 농사일로 바빠 낮에는 받지 않을 거란 말을 덧붙였다. 언니 잡으러 가는 거야? 고마워. 이든이 말했다. 그 말에 나는 기꺼이 이 낯선 버스에 몸을 실었다.

4차선 고속도로 위를 승용차와 버스와 트럭이 나란히 달리고, 나는 그 모습을 멍하니 보다가 창문 커튼을 친다. 냉정하게 생각하면 하루나 이틀 기다려 봐도 될 일이었다. 성급했다는 후회가 뒤늦게 밀려든다. 내일이 마침 공강이라고 이상한 모험심이 깨어난 게 분명하다.

이솔이 연락만 제대로 받았어도 이럴 일이 없다. 대뜸 도망쳐 버리니 내가 안 놀라고 배겨? 무슨 일이 생긴 건 아닐까, 왜 이렇게 멀리 갔을까, 별별 생각이 든다. 이솔은 위태롭고 나는 어쩐지 미안하다. 그동안 우리는 이런 사실들을 잘 숨겨 왔다. 사건 없는 일상에 루벤 이 녀석이 튀어나와 속을 휘젓는다.

나는 휴대폰 화면에서 인터넷 브라우저를 다시 켠다. '많이 본 뉴스' 목록에서 비슷한 기사들을 골라 읽는다. 내용이 제목을 크게 벗어나지 않는다. 한마디로, 어젯밤 어느 예능에 어느어느 아이돌 그룹 멤버 루벤이 출연했는데 이러쿵저러쿵해서 웃음을 자아냈더라는 얘기다. 이목이 쏠렸고 누리꾼의 호평이 이어졌고 앞으로의 활약이 기대된다고 한다.

지금까지 대중의 주목을 받은 적 없는 중소 기획사 아이돌이다. 연예면 메인에 떠 있는 영상 섬네일이 생경하기 짝이 없다. 데

뷔한 지 1년이 안 되었으니 어쩌면 오늘을 기회 삼아 드높은 인기를 쌓아 갈는지도 모른다.

루벤, 이솔과 내가 범으로 알고 있는 그 애는 우리와 같은 중학교 출신이다. 그 당시엔 아이돌 연습생이 아니었으리라 짐작한다. 본인이 비밀로 하고 다녔는지 어쨌는지 모르겠지만 한 번도 그런 얘길 들은 적 없다. 그래도 우리 학년에서 한범을 모르는 사람이 없었다. 잘생겼고, 큰 키와 넓은 어깨가 눈에 띄었고, 그 패거리 전부 목소리가 컸다.

더럽게 큰 목소리로 깨끗한 말만 했다면 좀 나았겠지만 입과 노는 품이 대단히 거친 패거리였다. 학구열이 결코 높지 않았던 우리 학교 학생들 중에서도 특히나 학문에 뜻이 없었다. 대부분의 아이들이 엮이기를 피했고 나도 마찬가지였다.

뭐, 그래 봐야 오래전 일이다. 나는 범과 같은 반이 된 적도 없고 패거리 한 명 한 명에 대한 기억도 흐릿하다. 다른 추억을 곱씹다가 '그러고 보니 그런 애들도 있었지.' 하는 정도다.

흑명중 한범의 데뷔 소식이 들려온 건 작년 2학기 어느 날이었다. 중간에 전학을 가긴 했지만 이솔도 이름 정도는 알 것 같아 얘길 전했다. 이솔은 얼굴을 구기며 욕을 뱉었다.

나는 깜빡 잠이 들었다가 버스가 멈춰 서는 낌새에 눈을 뜬다. 고속도로 휴게소다. 이솔을 어쩌면 좋을지 생각하려고 했는데……. 아침 일찍 일어난 탓인지 쪽잠이 달다. 하품하며 화장실에 들렀다가 커피와 간식거리를 사서 돌아온다. 5분쯤 지나 버스가 다시 출발한다. 휴게소를 나오자마자 양옆으로 굽이굽이 산이 펼쳐진다. 나는 오징어버터구이를 씹으며 중학생 이솔도 학교를 자주 빠지곤 했다는 사실을 떠올린다.

이솔과 나는 2학년 3반이었다. 이솔은 어머니가 베트남에서 오셨고, 나한테는 아버지가 갓난아기일 적 돌아가신 일본인 할머니가 있었다. 우리 아버지는 한국에서 쭉 자란 데다 일본어라곤 한마디도 못 하지만 이솔은 초등학생 때 한국으로 이사 와 베트남어가 편하다고 했다.

나는 이솔에게 일방적인 동질감과 호감을 가졌다. 이솔이 거울 앞에서 앞머리를 매만지고 있으면 "예뻐, 예뻐." 하며 지나가고, 체육 시간에 혼자 서성이는 모습이 보이면 "이솔, 일로 와!" 하고 부르는 식이었다. 서로 친한 무리가 다른 것치고 유독 그 애에게 스스럼없었다.

이솔은 1학기에는 이따금, 2학기에는 툭하면 학교를 빠졌다. 아침에는 왔다가 점심시간에 사라지기도 했다. 솔직히 말하자면 같이 다니는 무리와 그다지 친해 보이지 않았다. 상냥하고 수더분한 애들이었다. 그 사이에서 이솔은 고립을 피해 마지못해 어울리는 사람처럼 뻣뻣하게 굴었다. 이솔이 왜 안 보이는지 물어도 그 애들은 답을 몰랐고 선생님은 말을 아끼면서 이솔을 잘 챙기라고만 했다. 행방 비스무리한 것을 딱 한 번 내 친구에게 들었다. 하굣길, 전철을 타고 옆 동네에 놀러 갔는데 반대편 승강장에 이솔이 서 있었다고 했다. 주위의 많은 학생들처럼 교복 차림이었다. 오늘 누가 학교를 빠졌냐는 듯 천연덕스레 귀가하더라고 친구는 말했다.

중학생 이솔과는 조별 과제를 하다가 사이가 틀어졌다.

사회 시간이었고 네 명씩 조를 짜야 했던 것이 기억난다. 뒤에서 이솔의 친구들이 한 명 많다고 곤란해하는 소리가 들렸다. 넷은 친하고 이솔은 딱딱한 깍두기였으니 나가야 할 사람이 뻔했지만 다들 대놓고 말하기를 망설이는 눈치였다.

나는 이솔을 우리 조로 불렀고, 그다음 주 발표 시간에 그 애는 말없이 조퇴해 버렸다. 각자 맡은 부분을 조사해 오기로 했는데 발표의 4분의 1이 홀라당 날아간 것이다. 조원 한 명은 어디 갔냐는 선생님의 물음에 답할 길이 없었다.

만 14년 평생에 호의가 이런 식으로 돌아온 일이 처음이라 나와 친구들은 충격과 당황을 금치 못했다. 다음 날 아침, 이솔의 자리에 가서 이유를 물었다. 이솔은 "아, 미안." 하고 짤막한 사과를 건네며 한국말이 서툰 어머니와 출입국관리사무소에 가야 했다고 대답했다.

"귀화 신청하시거든, 이번에……."

그러나 외국인 어머니가 어떻고, 다문화 가정이 어떻고 하는 사정은 섭섭한 내 귀에 편리한 핑계처럼 들렸다. 주변 사람들에게 엿같이 굴어도 이솔을 탓할 수 없게 만드는, 우리는 못 써먹지만 이솔은 언제든지 꺼내 들 수 있는 무적의 카드.

"네, 그러셨겠죠."

나는 눈썹을 찡그리며 실소했다.

"앗, 아니, 진짜로."

자리에 앉은 이솔이 조용히 내 눈을 올려다봤다. 마치 자신의 결백을 주장하듯이.

나는 할 말을 잃었다. 한편으론 묻고 싶은 게 많았다. 못 오면 못 온다, 미리 말해 줄 생각은 안 들더냐고. 나를 친구로도 생각하지 않으니까 이러는 것 아니냐고. 출입국관리사무소를 무슨 한 달에 서너 번씩 가느냐고. 땡땡이치고 옆 동네나 돌아다니는 걸 안다고.

나는 이솔을 좋아했던 만큼 실망한 상태였지만 어쩌면 그 애의 해명에 설득될 준비가 되어 있었다. 내 친구들은 달랐다. 맺고 끊음에 가차 없는 희경이 "그렇단 말이지? 알았어." 하고 복도로 나가 버렸다. 나와 다른 친구가 얼결에 그 뒤를 따랐다. 그날 이후로 나는 이솔에게 먼저 말 걸지 않았다. 이솔은 원래부터 누구한테도 먼저 말 거는 법이 없었다. "그러셨겠죠." "아니, 진짜로."를 끝으로 학년이 바뀌었다.

이솔은 3학년 1학기 어느 날, 아무런 예고 없이 전학을 갔다.

같은 반 애들은 자리에 없길래 또 결석인가 보다 했다고.

우리 부모님도 흑명중과 주변 고등학교의 평판을 모르지 않았다. 내 고등학교 입학과 남동생의 중학교 입학을 앞두고 우리는 옆 지역의 더 나은 학군으로 이사했다. 나는 개중에 공부 좀 한다고 소문난 사립 여고에 들어갔다. 거기에 이솔이 있었다.

이솔은 약 1년 사이에 어딘가 당당해진 품으로 무리와 웃고 떠들었다. 전보다 세련된 차림과 풍부해진 표정이 눈에 설었다. 우리는 약속한 듯이 서로 모르는 체했다. 마침 계속 다른 반이었고, 겹치는 친구가 생겨도 3년 동안 말 섞을 일이 딱히 없었다. 같은 대학 정외과에 붙고서야 서먹서먹 다시 대화를 텄다.

신입생 생활을 공유하며 우리는 늦게나마 친구가 됐다. 두세 계절쯤 지나 그 애의 종잡을 수 없는 속내도 이제는 파악해 냈다고 자부할 즘이었다. 범이 데뷔를 하고 이솔이 욕을 뱉었다.

그때까지 우리는 대화의 초점이 현재를 벗어나지 않도록 조심하고 있었다. 학과 얘기, 먹는 얘기 아니면 그냥 사는 얘기였다. 같이 아는 고등학교 친구 얘기라면 모를까 중학교까지 거슬러 올라가면 서로 할 말이 없어졌다. 때때로 우리 정이솔, 한국말이 기똥차게 늘었다고 뿌듯함을 드러내고 싶다가도 '네가 이만큼도 못하던 때를 안다'로 들릴까 봐 관뒀다. 중학생 이솔의 어두운 얼굴이나 잦은 결석을 떠올리며 썩 행복한 시절은 아니었겠거니 짐작했다. 정이솔이 사실은 오두방정에 장난기 많고 능글맞은 애라는 걸 지금은 알았으니까.

내가 암묵적 금기를 깨고 범에 대해 묻자 이솔은 한숨 반 욕 반을 내쉬며 분통을 터뜨렸다. 그날 밤 망설이는 친구의 입을 연 건 눈앞에 흘러가는 강과 치킨과 맥주였다.

버스가 터미널 안으로 천천히 꺾어 들어간다. 금방 고속도로를 빠져나온 것 같은데 어느새 정거장 앞이다. 나는 예정보다 20분 이른 시간에 아스팔트 바닥 위로 껑충 뛰어내린다. 터미널 앞의 택시 승강장이 비어 있더니 다행히 한 대가 들어와 손님을 내린다. 나는 택시에 오르며 이솔의 조부모님 댁 주소를 읊는다.

도로 양옆으로 논밭이 이어진다. 산언저리와 길목에 앉은 마을들을 드문드문 스쳐 간다. 온통 낯선 풍경 사이에 내가 껴서는 충동에서 시작된 이 여정의 끝을 향해 가고 있다. 나의 목적은 그러니까, 이솔을 확인하는 것이다. 확인하고, 서울로 함께 돌아가 일상을 되찾는다. 내 희망은 정상 복귀. 마음이 초조해지기 시작한다. 이솔이 지금 어떤 상태일지 그려지지 않는다.

마침 기사님 말씀에 마을 안쪽은 좁고 가파른 비탈길이라 차로는 힘들다고 한다. 목적지는 마을 입구에서 그리 멀지 않다. 긴장을 풀 겸 걸어 올라갈 생각으로 입구에서 차를 세운다. 허리만치 오는 매끄러운 입석에 마을 이름이 정자로 새겨져 있다. 어깨며 허리며 찌뿌둥하지 않은 곳이 없어 팔을 뻗고 목을 돌린다. '아차, 과일이라도.' 하고 뒤늦게 예의가 따라잡는데 주변에 가게가 없다. 하기야 두 분이 과일 농사를 하실지도 모르니 과일은 좋은 생각이 아니다. 호두과자다. 한 시간 전에 호두과자를 샀어야 했다. 에이그, 정이솔 때문에 완전히 잊었다.

어플의 지시대로 오르막길을 걷기 시작한다. 거친 시멘트길이 여러 갈래로 찢어져 각각의 대문과 마당 앞에 가 닿는다. 나른한 오후 햇살이 조용한 동네를 감싸고 있다. 종종 개가 짖는다.

저 위편 사거리에 마당이 드러난 낮은 돌담집이 보인다. 돌담 밖 길가엔 하도 연락이 안 돼 죽은 줄 알았던 이솔이 반팔과 운동복 바지 차림으로 서 있다. 진달래나무를 빤히 들여다보느라 내가 지켜보는 것을 모른다. 심각한 얼굴로 진달래 한 송이를 슥 따더니 꽁지를 빨아들인다. "맛있네!" 하고 그 애가 혼자 감탄한다. 이쪽은 별별 걱정을 안고 세 시간 반을 내려왔는데 당사자는 태평하게 꽃꿀을 빨고 있다.

"혼자 먹냐?"

서울에 있어야 할 내가 길 아래편에 서 있다. 이솔은 소스라치게 놀란다.

"깜짝이야! 너 여기서 뭐 해?"

"너 잡으러 왔지."

덥석 붙들려는 자세로 다가가자 이솔이 슬금슬금 뒷걸음친다. 나는 사무적인 말투로 회유한다.

"아가씨, 회장님께서 찾으십니다. 그만 돌아가시죠."

장난이라면 사족을 못 쓰는 이솔이다. 머리를 어깨 뒤로 쓸어 넘기며 대꾸한다.

"……차 비서, 어머니께 일러바친 게 당신이었어? 여기까지 쫓아오다니 집착은 하여튼 알아줘야 해."

그러면서도 뒷걸음질을 멈추지 않는다.

"대체 어떻게 알고 왔대?"

"너 내일 수업 있잖아. 집에 가자."

"아니, 나 이제 여기서 살려고. 우리 할매 할배랑."

이솔이 당찮은 소리를 한다. 나는 걸음을 멈추고 조심스럽게 말문을 뗀다.

"이거…… 걔 때문이지?"

"아닌데? 아닌데?"

샐샐 웃던 이솔이 손에 쥐었던 꽃송이를 냅다 버리고는 길 위쪽으로 도망친다. 나는 얼결에 그 뒤를 쫓는다.

"야, 어디 가!"

맨몸인 이솔과 달리 가방을 멘 채라 금방 숨이 찬다. 반원을 그리는 비탈길을 헥헥대며 달린다.

"정이솔!"

내가 속사포처럼 외친다.

"다른 사람이면 말을 안 해. 근데 너 잘하고 있었잖아. 여기서

도망치면 아깝지도 않아? 말 나온 김에, 수업 좀 그만 빠져! 출석 때문에 이미 F 아냐? 나랑 같이 졸업 안 할 거야?"

이솔은 비닐하우스를 지나쳐 산으로 이어지는 흙길에 들어선다. 턱을 한껏 쳐들고 달리면서 은재야! 하고 내 이름을 부른다.

"뭐, 이 자식아!"

"나 좀 내버려 둬!"

나는 우뚝 멈춰 서서 숨을 고른다. 걱정해서 온 사람을 죽어라 뛰게 만들더니 이제는 내가 자길 괴롭힌 듯이 말하고 있다. 상한 기분으로 발걸음을 되돌린다.

"아, 맘대로 해! 난 몰라."

등 뒤에서 이솔이 달려오는 소리가 들린다. 내 옆에 이르러서는 보조를 맞춰 팔짝팔짝 뛰어오른다. 들뜬 얼굴이다.

"미안. 갑자기 막 뛰어 보고 싶었어."

"아, 그러셔?"

"근데 진짜 오랜만에 뛰었지? 졸업한 이후로."

이솔이 계속 깡충거리는 동안 나는 뚜벅뚜벅 길을 내려간다.

"너희 할머니 할아버지는?"

"아까 오셨지."

"인사드리고 집에 가자."

"어? 안 돼."

"학교 안 가?"

내가 한쪽 눈썹을 치켜올린다.

"할아버지가 나 왔다고 한우 주문해 놨어. 어떻게 가."

"어……?"

말문이 막힌 틈을 놓치지 않는 이솔이다. 씩 웃으며 내 어깨에 팔을 두른다.

"너도 먹고 가. 내일 공강이지?"

"……넌 아니잖아."

짐짓 시큰둥한 체해 보지만 입꼬리가 풀어진다. 이솔은 청산유수로 한우의 출처를 설명한다. 야, 친구. 할아버지 아는 분이 시내에서 정육점을 하신대. 전화해 봤더니 마침 오늘 막 고기가 왔다는 거 아니겠어? 잘됐지. 신선한 고기. 갓 잡은 소. 하여튼 맛있는 거.

"내일 아침 일찍 가지러 가기로 했어. 이불은 같이 써. 난 괜찮아."

"내가 안 괜찮은데."

"아, 난 괜찮다니까."

지금은 달라졌을지도 모른다. 우리가 흑명중에 다닐 때는 영어와 수학을 수준별로 수업했다. 이솔이 털어놓기를 같은 수학반에 범이 있었다고 했다. 설상가상으로 2학기에는 패거리 모두가 그 반에 몰렸다고. 말을 들어 보니 고삐 풀린 수준을 넘어 고삐인지

채찍인지 모를 것이 범의 손에 쥐인 반이었다.

나이 지긋한 담당 선생님은 억센 사투리를 썼다. 범 패거리는 말을 못 알아듣겠다고 불평하거나 억양을 흉내 내면서 그를 얕잡아 봤다. 화를 내면 저들끼리 낄낄 웃었다. 왜소한 그를 위협하듯 범이 교실 앞까지 나와 대거리를 하기도 했다. 이솔은 그 광경을 지켜보는 것만으로 무력해졌다.

선생님은 지금 돌이켜 보면 이상할 정도로 자주 자리를 비웠다. 그동안 교실 안은 범의 소굴이었다. 어느 날, 범은 혼혈이라는 3반 여자애, 즉 이솔에게 관심을 보였다. '관심'은 으레 짓궂고 음흉한 태도로 상대를 희롱하는 형식을 띠었다. 범의 목적이 대화가 아니라 자신에게 아무도 존중하지 않을 권력이 있음을 과시하는 데 있었기 때문이다.

상대 여자아이에겐 두 개의 선택지가 주어졌다. '조그만 게 화를 낸다'고 범의 귀여움을 받거나 거침없이 받아쳐 범을 즐겁게 하거나. 이솔은 유치한 데다 무례하기까지 한 놈에게 반응해 줄 가치가 없다고 여겼다. 처음 몇 번은 고개를 돌려 듣는 척하다가 곧 뒤에서 불러 대도 돌아보지 않았다. 범의 친구들이 무시당한 범을 놀려 댔다. 그때부터 그들 사이에 이솔을 돌아보게 하는 놀이가 시작됐다. 패거리는 경쟁하듯 괴롭힘의 수위를 높여 갔다.

이솔 주변에 앉은 아이들은 범에 대한 불쾌감을 표시하면서도 드러내 놓고 맞서지는 못했다. 하기야 선생도 잡지 못한 그들을 누가 잡겠는가? 그 교실에서 유일하게 범을 거스르는 건 이솔의 돌아보지 않는 등이었다. 범을 잡는 사냥—꾼은 못 되었지만, —감도 되지 않을 용기가 이솔에게 있었다.

어떤 괴롭힘을 당했는지 이솔은 자세하게 설명하지 않았다. '폭력은 없었지만 모욕적인 언행을 일삼았고, 법의 처벌은 기대할 수 없으나 학폭위는 열어 마땅한 정도'인 듯했다. 어쨌든 자라나는 어떤 아이도 지녀선 안 되는 기억이었다.

한강 강변에 앉아 이솔이 말했다. 모욕당하지 않고 교육받을 권리가 자신에게 있고, 또 그런 교실을 만들 책임이 교사와 학교장에게 있다든지 하는 합당한 생각이 그때는 떠오르지 않았다고. 이솔이나 범이나 피차 스스로 행동할 수 있는 나이였다. 그러므로 이것은 일 대 다수일 뿐 지극히 사적인 싸움이었다.

"한 번도 진 적 없어."

이솔은 이렇게 말하며 어깨를 으쓱였다.

"틀려먹은 건 너무나 그 자식들이고 나는 잘못이 없었거든."

지지 않는다고 해서 이솔이 상처 입지 않는 건 아니었다. 범 앞에서 당당하고 떳떳하게 구는 데는 매번 새로운 용기가 필요했다. 이상한 일이었다. 혐오하는 건 자기 자신이 아니라 범이었는데도, 이솔은 어느 순간 범을 죽이고 싶다는 생각이 아니라 죽고 싶다는 생각을 했다. 현실성의 문제였을까? 죽겠다는 말은 누구나 하니까, 중학생 이솔이 주워섬기기엔 이쪽이 더 쉬웠는지도 모른다.

가해자와 같은 공간에 있는 일분일초가 이솔을 압박했다. 범과 같은 우리에 들지 않으려면 높은 성적을 내서 수학반을 탈출하는 수밖에 없었다. 이솔은 똑똑했다. 성적이 좋은 축에 속하는데도 범과 한데 묶인 데는 슬픈 사연이 있었다. 이솔은 중학교 배치고사를 죽 쒔다. 한국어를 아직 잘 못 읽던 시절이었다.

흑명중은 그런 곳이었다. 한번 하급반에 속하면 웬만해서는 위로 올라갈 수 없었다. 각 반의 정원이 정해져 있는 데다, 선생님들은 애가 하급반에 있을 만해서 있겠거니 생각했다. 이솔은 계속 반 평균보다 훨씬 높은 점수를 받으면서 2학기가 되기만을 기다렸다. 하지만 2학기에도 이솔은 하급반이었고 외려 범의 패거리만 수가 늘었다. 그 와중에 선생님은 바뀌어 상황이 우습게 됐다. 이솔은 1학기 담당 선생을 향한 배신감에 휩싸였다. 범에게 치이던 불쌍한 선생이 자신을 구해 주지 않는 무책임한 선생이기도 할 줄은 몰랐다. 혼자만 범을 떼어 내면 다인가…….

결국 선택한 방법이 결석과 조퇴와 늦은 등교였다. 유급이 되지 않게 출석 일수를 계산해 가며 2학기를 버텼다. 흑명중에 정붙이지 못했기 때문에 거리낄 것이 없었다. 이솔의 부모님은 이솔에게 신경 쓸 겨를 없이 바빴다. 하지만 이솔이 참다 참다 손을 내밀자 캐묻지 않고 전학 수속을 밟아 주었다.(흑명중의 명성, 그 누가 모르리오!) 이솔과 범은 3학년 때 같은 반이 됐다. 전학을 가지 않았더라면 1년 온종일 얼굴을 볼 뻔했다. 범이 있는 학교를 벗어남으로써 이솔은 스스로를 구했다.

강바람에 이솔의 머리칼이 흩날렸다. 그 애가 말했다.

"혼자 감당할 수 없는 상황들이 있잖아. 거기서 벗어나는 게 어떻게 도망이야? 탈출이지. 내가 한 것도 탈출이었어. 나는 싸워서 이기기보다 나를 지키고 싶었어."

언뜻 봐서는 의연했고 어려운 이야기를 하면서도 눈물 한 방울 흘리지 않았지만 이솔은 그날 이후로 종종 우울해했다. 범의 인기가 대단치 않아 그나마 다행이었다. 일부러 찾아보지 않는 한 접할 일이 없었으니까.

그래도 내 속이 매번 켕겼다. 중학생 이솔이 죽고 싶단 생각을 했고, 나름 이솔을 신경 쓰던 내가 아무런 낌새도 알아채지 못했다는 사실이 나를 불안하게 만들었다. 내 흑명중 시절은 즐거운 기억으로 가득했다. 갈등은 대개 하루 이틀짜리였다. 마음의 거리가 가까웠던 것치고 이솔과 내가 참 멀었다. 그렇지 않을 수도 있었다.

이솔은 집에 들어가 나를 소개한다. 나는 졸지에 융통성이 없어 학교 빠지는 꼴을 못 보는 친구가 된다. 그래서 이솔을 잡으러 여기까지 온 이상한 친구.

그 애의 조부모님은 껄껄 웃으며 나를 반겨 주신다. 나는 민망해하며 저녁을 얻어먹는다. 과일을 까먹고 난 뒤엔 이솔이 바람을 쐬자며 옥상으로 이끈다. 계단의 폭이 좁아 우리는 까치걸음을 친다. 옥상 한구석에 조그마한 장독 서너 개가 조르르 모여 있다. 나는 저녁 바람을 들이쉬며 평상 위에 눕는다. 이솔은 내 옆에 굽힌 다리를 껴안고 앉아 한참 말이 없다.

"내 복수는 내가 잘 사는 거였어."

이솔이 말한다. 바람직한 이야기다. 나는 그 복수 성공할 거란 응원을 입에 머금고 기다린다.

"흑명중 걔네 중에 우리 대학 온 애 아무도 없어. 그 동네 떠난 이후론 마주친 적도 없어."

"……그러다 웬 루우벤이 튀어나왔네."

범의 새 이름이 아직도 귀에 설어 나는 비꼬듯 발음한다.

"그렇지."

"보기 싫어?"

고개를 돌려 이솔을 올려다본다. 당연히 싫지, 좋을 리 있겠냐마는 나로서는 어떤 기분일지 상상하기 어렵다.

이솔이 조용히 대답한다.

"살짝…… 살기 싫어져."

나는 할 말을 잊고 그 애를 바라본다.

상처의 깊이를 도저히 가늠할 수 없다. 과한 걱정을 하고 있나 싶다가도 순식간에 그 반대가 된다. 타인을 이해한다는 게 원래 쉬운 일은 아니지만 이솔은 특히 나를 애먹인다. 나는 슬며시 일어나 앉는다.

이솔은 당연히 벗어난 줄 알았다고 말한다. 범 패거리에게 이솔은 심심풀이 장난감이었다. 지루한 수학 시간을 때우기 위한 만만하고 사소한 장난감. 그런 종류의 괴롭힘에는 교실 밖, 학교 밖까지 이어지지 않는다는 아주 대—단한 장점이 있었다. 범은 다른 장난감이 차고 넘치는 곳에서는 이솔을 거들떠보지도 않았다.

학교를 빠지면 이솔은 안전했다. 흑명중을 떠난 그날부터 자유였다. 그 후로는 최대한 잊으려고 노력하면서 나름의 인생을 살았다. 계획과 목표가 있는 그럭저럭 즐거운 나날이었다. 어엿한 한 명의 인간이 되어 가고 있었다.

범의 얼굴을 마주하는 순간 이솔은 다시 상처 입은 짐승으로 돌아갔다. 형형하게 빛나는 큰 눈과 다부진 광대와 딱 벌어진 어깨가 화면 속에 갇혀 이솔을 건드릴 수 없는데도, 공포가 몸에 학습된 것처럼 심장이 뛰었다. 스스로도 이해할 수 없었다. 고작 사진을 보고! 고작!

루벤이 된 범이 앞으로 무엇을 얻을지 이솔은 정확하게 헤아렸다. 부와 명예와 사랑. 이솔의 평생에 그 애를 사랑할 사람들보다 몇천 몇만 배 더 많은 사람들이 루벤을 사랑할 예정이었다. 부와 명예도 비슷했다. 중학생 이솔은 학교 폭력이나 일삼는 놈들의 인생이 그 인성과 비례하리라 믿었는데, 그 믿음을 비웃듯 루벤이 이름을 날리고 있었다.

"그냥 각자 인생을 살자고 생각했거든. 어디서 살고 있든 내 눈에만 안 띄면 됐어. 근데 이렇게 되니까 화가 나는 거야. 와, 힘 빠져. 내가 아무리 행복해지려 해도 한범 발끝을 못 따라가……."

행복의 기준은 양보다 질이라는 진부한 위로를 건네자 이솔이 씁쓸하게 웃는다.

"몸은 탈출한 지 오래인데 마음이 아직 묶여 있네."

이솔이 한탄하는 투로 말한다. 그러고는 나를 돌아본다.

"투쟁-도피 반응 기억나? 도망치고 싶을 때가 있어. 한범이 나타나면 일단 피해야 돼. 오늘 아침이 그랬어."

"그렇다고 진짜 도망을 쳐?"

내가 가볍게 핀잔한다.

"……근데 도망친 거 아니야. 쉬러 온 거지. 은재야, 학교 며칠 빠진다고 큰일 안 나."

이솔은 웃으면서 내 눈을 가만히 바라본다.

"아니, 그건 너 알아서 하는 거긴 한데……."

"도망처럼 보여도 이게 다 제대로…… 제대로 탈출하기 위한 시도라니까. 오늘 한 건 일상 탈출."

나는 이솔에게 눈을 흘긴다.

"말은 참 잘해."

이솔이 머리를 무릎에 기대고 키득키득 웃는다.

"계속 학교도 가야지, 과외도 해야지, 너무 멀리는 못 가겠더라."

"버스 세 시간 반도 충분히 멀어……."

나는 지난 오후의 여정을 떠올리며 말한다.

"서울에서 일주일만 기다리지 그랬어."

"일주이이일?"

일주일이나 연락도 없이 숨으려 했다는 이솔의 말에 귀를 의심한다.

"너는 진짜 지독한 회피형 인간이야."

나도 알고 이솔도 아는 사실을 새삼스레 쏘아붙인다. 싫은 건 바로 내팽개치고, 아니다 싶으면 뒤돌아 나가고. 살살 웃고 다니면서 사실은 사람 싫어하고……. 실컷 투덜거리는데 이솔이 끼어든다.

"야, 그래도 너는 좋아한다, 뭐."

"뭐……! 그걸 말이라고 해?"

어이가 없어서 말문이 막힌다. 나는 덤벼들 듯이 두 주먹을 흔들어 보인다.

이솔이 까르르 웃음을 터뜨리며 "왜, 뭐가?" 하고 억울한 체를 한다.

"너는 네가 선심 써서 남들이랑 친구해 주는 줄 알지? 나 같은 친구를 둔 걸 감사히 여겨!"

"아, 물론 감사하지!"

이솔이 내 어깨를 덥석 붙잡더니 타령에 맞춰 흔든다.

"감사합니다요, 감사해요."

나는 "이거 놓아라." 하고 이솔은 "아니다, 나의 감사를 들어라." 하느라 실랑이가 벌어진다. 어느새 땅거미가 지고 있다. 시골 저녁의 적막 속에 우리 둘 다 괄괄한 웃음을 흘리고 만다.

눈물 나게 웃던 이솔이 문득 울기 시작한다. 내 어깨를 내어주니 머리를 기대고 한참을 훌쩍인다. 그 애가 나지막이 씩씩거린다.

"진짜 어이없어."

"뭐가?"

"아직도 눈물이 난다는 게."

나는 달래듯 그 애의 어깨를 쓰다듬는다. 줄곧 내 입 속에서 간질거렸던 말이 있다. 안 그래도 고속버스를 타고 오면서 오늘 결국 이 말을 뱉게 되리라고 예감했다. 나는 천천히 입을 뗀다. 있잖아…….

"내가 미안."

이솔은 놀란 눈으로 나를 쳐다보더니 얼굴을 찌푸린다.

"너가 왜 미안해해? 미쳤어? 그러지 마."

무엇이 미안한지 나는 설명하지 못하지만, 내가 어떻게 했어야 이솔을 구할 수 있었는지 알지 못하지만, 어쨌든 나는 흑명중의 일부였다. 이솔을 쉽게 놓아 버린 날이 마음 한구석에 짐처럼 남아 있다. 이솔은 미안해해야 하는 건 자기라고 조용히 대꾸한다. 어색한 침묵이 감돈다.

우리 둘 다 말은 안 해도 같은 사건을 떠올리고 있을 것이다. 문득 생각나면 얄미울 때가 있었다. 이솔의 사정을 안 후로는 섭섭함이 많이 풀렸다. 서툰 나이였다. 우리는 다 어렸다. 무엇보다 내가 옛날 잘잘못을 따지자고 여기까지 온 게 아니다.

"흑명중에서 성격 파탄자처럼 굴었던 걸 생각하면, 내가 한범을 미워할 자격이 있나 싶기도 해."

이솔이 중얼거려서 이번에는 내가 발끈한다.

"뭔 소리야, 성격 파탄자는 한범이고!"

치기에도 정도가 있다. 부끄러운 줄 모르는 녀석들은 괘씸죄가 더블이다.

나는 인터넷에 글을 올리자고 말을 꺼낸다. 루벤이 학교 폭력의 주동자였고 피해자가 아직도 트라우마에 시달리고 있음을 방방곡곡 알리고 싶다. 그 애의 매력으로 꼽히는 거침없는 언변도 그때는 좀 달리 보일 것이다.

이솔은 고개를 젓는다.

"안 해. 어차피 증거도 없어."

"없나?"

"학폭위가 열린 것도 아니지, 난 혼자 전학 가 버렸지. 그때 흑명중 애들이랑 연락도 다 끊었어."

이솔이 덧붙인다.

"너 빼고."

과 동기만 아니었다면 나와도 끊었을 테지만 나는 굳이 그 사실을 지적하지 않는다.

"그렇군."

내가 말한다.

이솔은 잠시 눈물을 삼키다 다시 입을 연다.

"어차피 세상에 통쾌한 복수 같은 건 없잖아."

"그건 그래."

"복수는 질척이고 파괴적이고 나를 버릴 각오로 뛰어들어야 해. 근데 나는 여전히 1이고 저쪽은 천인지 만인지 몰라."

"……폭로하면 속이 좀 시원해지지 않겠어?"

이솔은 한숨을 내쉬고 빙긋 웃는다.

"말했잖아. 나는 싸워서 이기는 것보다……."

"알지, 알지."

"나한테 더 중요한 데 힘을 쏟고 싶어. 내 인생 살기도 바쁘다."

이솔이 일어나 눈가를 닦는다. 단호한 태도로 보아 더 이상 설득해 봐야 통하지 않을 눈치다.

나는 범이 사과도 반성도 없이 제 갈 길이나 쫄래쫄래 가 버렸다는 사실이 끝내 못마땅하다. 나 같았으면 기회가 오는 즉시 녀석을 붙들고 늘어졌다. 나는 이솔을 이해하지 못하지만…… 정이솔 인생, 정이솔이 원하는 대로 해야지 다른 수가 없다.

우리는 다시 좁은 계단을 총총 내려간다. 농가의 질서에 따라 때 이른 잠을 청할 시간이다. 조용히 집에 들어가 받아 놓은 이부자리를 편다. 옆으로 누워 "내일 나랑 올라갈 거지?" 하고 소곤소곤 물으니 이솔이 눈웃음을 치며 "그래, 내가 같이 가 줄게." 하고 답한다.

다음 날 우리는 이른 아침부터 불판을 깔고 둘러앉는다. 어제는 피차 어색했던 모양인지 조부모님 두 분의 말수가 적었다. 오늘은 이렇게 금방 왔다 가냐며 손녀에게 섭섭함을 드러내신다.

"나도 더 있고 싶은데 얘가 학교 빠지면 안 된대."

"그래, 학교는 가야지……."

고기가 구워지는 사이 나에게도 몇 가지 칭찬이 건네진다. 모두 이솔을 아끼는 마음에서 우러나는 말들이다. 좋은 대학에 다니니 장하다. 우리 정이솔이는 친구도 예쁘네. 여까지 다 오고 이리 좋은 친구를 뒀나.

이솔은 두 분 앞에서 스스럼없이 까분다. 우리 집에서는 상상도 못 할 광경이라 지켜보기에 흥미롭다. 어제는 우울하던 이솔이 깔깔 웃는다. 나는 따듯한 밥을 천천히 삼키며 그 모습을 기억에 담는다. 왜 하필 여기로 튀었나 했더니. 사랑하는 자리, 그리고 사랑받는 자리. 단순하고 당연한 이유였다.

오전 중에 우리는 배부르고 황송한 기분이 되어 서울행 버스에 올라탄다. 이솔이 창밖에 서 있는 조부모님께 손을 흔든다. 나도 헤헤 웃으며 고개를 꾸벅인다. 버스 앞쪽의 TV 화면에는 안내 문구가 떠 있다. 터미널을 나서자 문구가 사라지고 예능 방송이 흘러나오기 시작한다. 엊그제 루벤이 출연했던 그 방송, 그 회차다.

"와, 대박."

우리가 동시에 뱉는다.

다행히 TV 소리가 작아 우리 자리까지 닿지 않는다. 하지만 루벤의 밝은 금발이 자꾸 시선을 끈다. 나는 얼굴이 굳어지는 걸 느끼며 황급히 이솔 쪽으로 고개를 돌린다. 이솔은 머리를 창에 기대고 나를 마주 보고 있다. 그 애가 진저리를 치며 웃는다.

"어우, 보기 싫어."

나도 덩달아 웃음이 나온다.

"쟤는 눈치도 없냐."

녀석이 앞으로 더 유명해지면 우리가 어딜 가든 따라오게 될까? 그런 오싹한 상상을 하려니 심장이 조여든다. 이솔은 가방을 뒤져 이어폰을 꺼내더니 무심한 표정으로 한쪽을 건넨다. 이솔이 내 생각보다 강하다는 사실에 나는 조금 놀라고 또 안도한다.

이솔을 그냥 며칠 쉬게 둘 걸 그랬다. 내가 쫓아와서 고기나 얻어먹고 괜히 한범 얼굴이나 더 보게 만들었단 생각에 무안해진다. 혼자서도 잘하는데 오지랖이 과했나. 흘깃 눈치를 살피려니 내 야무진 친구는 휴대폰 화면에 정신이 팔려 있다. 손가락이 바빠 보인다.

"뭐 해?"

"수강 취소."

"뭐? 무슨 과목."

그러고 보니 수강 취소 기간이 며칠 남지 않았다. 나는 이솔의 휴대폰 화면을 기웃거린다. 이솔이 월, 수 1교시 수업의 이름을 댄다. 출석한 날이 세 손가락 안에 꼽히는 데다 어제 아침에도 빠지고 만 그 수업이다. 이솔은 수업 시간을 탓하지만 내가 보기에는 수업 구성이 마음에 안 드신 거다. 토론과 조별 과제는 옛날부터 이솔에게 취약이었다. 이솔은 나중에 다른 전선 과목을 듣겠다고 말한다. "학교 잘 다녀야지." 하고 중얼거리며 취소 완료 버튼을 누른다.

이솔은 금방 잠에 빠진다. 워낙 올빼미처럼 살다 보니 지난밤에는 눈이 말똥말똥했단다. 나는 요란한 TV 화면을 애써 무시하며 휴대폰을 내려다본다. 밀린 문자들을 슬슬 확인하는데 단톡방에 웬 댓글 사진이 올라와 있다. 중학교 친구들끼리 모인 방이다.

— 이거 봤어?

아이돌 루벤이 중학교 때 술, 담배를 하고 질 나쁜 친구들과 어울렸다는 내용이다. 동창들이 저마다 아는 범의 비행을 수군거린다. 하기야 범의 페이스북만 해도 상스럽기로는 동네 1등이었다. 그걸 본 애들이 한둘도 아니다.(물론 그 계정은 오래전에 지워졌다.)

이솔만 괴롭힌 것도 아니고, 양아치 성질머리가 어디 갈 리 없다. 나는 화려한 치장이 범의 본성을 오래 가리지 못할 것을 예감한다. 발목 잡혀 고꾸라지는 날이 오거든 이솔과 나는 삼겹살로 파티를 해야지. 남이 잡은 돼지를 약간의 술과 함께 즐기면 그만이다. 김치와 쌈과 마늘을 곁들여 씹고 뜯을 테다.

잠든 이솔의 고개가 내 쪽을 향한다. 여린 얼굴에 사납거나 억센 구석이 없다. 이 작은 몸 어디에서 그런 깡다구가 나오는 건지 모를 일이다. 억지로 끌려 들어간 사냥터를, —꾼도 —감도 되지 않고 그저 떠나기 위해 이솔이 계속 저항하고 있다. 자기 삶을 삶으로써.

범의 존재를 무시하는 게 쉬울 리 없다. 그래도 이솔은 통과하고 있다. 어둠에 휘말리지 않는 법을 알고 있다. 범 무서운 줄 아는 단 하룻밤, 어제 못 잤으면 오늘 자면 되는 거고. 이솔의 인생엔 무난한 하루하루가 더 많이 쌓일 것이다. 가끔 흔들리되 결국엔 벗어날걸. 천천히, 그러나 결국에는. 오래된 —터에서. 이솔에게 그 정도 힘은 있다. 그걸 확인하는 여정이었다.

이솔의 수업은 두 시다. 원래는 터미널에서 헤어질 작정이었다. 버스가 애매한 시간에 도착하자 이솔이 생각을 바꾼다. 수업에 가자니 지각이고, 안 가자니 찜찜한 시간이다. 목요일 수업은 처음 빠지기 때문에 찜찜할 필요가 없다는 게 이솔의 주장이다. 나는 말리지 않는다. 북적북적한 터미널 안에서 우리는 관광객처럼 들떠 있다.

남은 하루가 바람처럼 사라진다. 봄옷을 구경하고 코인 노래방에 가고 닭갈비를 먹고 카페에 간다. 집에 가는 버스가 서로 다르기 때문에 우리는 정류장에서 작별 인사를 한다. 어둑어둑한 하늘을 등지고 이솔이 나를 꽉 껴안는다. 평소 안 하던 짓을 하는 걸 보면 어제 오늘이 특별하긴 했던 모양이다. 고맙다든가, 너밖에 없다든가, 뭐 그런 말이 나올 때가 됐다. 감성적인 한마디에 감동적으로 받아칠 준비를 한다. 이솔이 내 등을 가볍게 두드리고 떨어진다.

"발 닦고 자라."

그 말에 나는 껄껄 웃는다.

눈앞의 범은 남이 사냥하게 두는 성격이고, 딱히 상냥하지도 않다. 그래도 밉지 않은 게 이솔이다.

신현이 … 내게 도착한 메시지는

엄마는 날보고 멧돼지 같다고 했다. 대놓고 한 말은 아니었다. 그래서 따져 물을 수도 없었다.

"뭐가 그렇게 못마땅한지, 혼자 씩씩거리면서 땅만 보고 다녀요. 뒤에서 보면 꼭 멧돼지 같다니까요."

내가 들은 것이 정확하다면 엄마는 이렇게 말했다. 나는 부엌으로 가던 길이었다. 엄마는 방에서 할머니와 통화를 하고 있었다.

누구를 말하는 것인지는 듣지 못했다. 그러나 내 이야기를 하는 것이 분명했다. 사람은 누가 자기 말을 하면 귀신같이 알아차린다.

따져 묻기는커녕 나는 숨기고 싶은 것을 들킨 사람처럼 깜짝 놀랐다. 몸을 휙 돌려서 방으로 돌아왔다. 침대에 몸을 던졌다. 너무 깜짝 놀랐기 때문인지 배고픈 것도 잊었다.

엿들은 것은 아니었다. 우연히 들은 것이니 따져 물을 수는 있었다. 문제는 다른 데 있었다. 내가 이미 멧돼지 같다는 말을 거의, 저절로 받아들이고 있다는 것이었다.

가방을 등에 짊어지고 씩씩거리면서 걷고 있는 내 뒷모습을 상상해 보았다. 상상 속에서 멧돼지 한 마리를 내 곁에서 같이 걷게 했다. 밤거리여야 어울릴 것 같았다. 불빛은 휘황하지만 아무도 없는 거리 말이다.

"어디로 가야 하지?"

상상 속에서 내가 말했다.

갈 데가 없었다. 중학생이 멧돼지를 데리고 갈 수 있는 곳은 상상 속에서도 찾아내기가 어려웠다. 상상의 세계조차 자유롭지가 않았다.

몸을 돌려 배를 깔고 엎드렸다. 엄마 말을 가만히 따져 보았다. 다시 살펴보니 중요한 대목은 내가 멧돼지 같다는 게 아니었다. 멧돼지 같다는 말보다 나를 더 놀라게 한 것은 혼자 땅만 보고 다닌다는 말이었다. 내가 숨기고 싶은 것을 엄마가 딱 꼬집어 말한 것이다. 요즘 나는 가방을 등에 짊어지고 내내 혼자서 걸어 다니고 있었다. 고개를 너무 수그리고 다녀서 어떤 때는 뒷목이 아팠다.

봄 지나고 여름이 되었는데도, 나는 친구를 사귀는 데 연거푸 실패하고 있었다. 1학년 때와는 다르게 2학년 올라와서는 누구도 제대로 사귀지 못했다. 아이들은 둘씩 셋씩 짝을 지어서 한 몸처럼 붙어 다녔다. 그런 아이들 틈을 비집고 혼자 하교할 때마다 나는 비참했다. 땅만 쳐다보아야 했다. 어떤 때는 아무 이유 없이 학교 건물을 세 바퀴나 돌았다. 아이들이 학교를 다 빠져나간 다음에야 교문을 나섰다.

침대에 누운 채로 한 바퀴 뒹굴었다. 다시 배를 깔고 엎드려 팔에 이마를 얹었다. 도서관이나 갈까, 하는 생각이 났다. 학원을 안 다니기 때문에 요즘에는 도서관에 자주 갔다. 읽기를 멈춘 책의 쪽수에 분홍색 형광펜으로 하트를 그렸다. 다시 도서관에 가서 책을 펼치면 내가 그려 놓은 하트가 나를 반겨 주었다.

"그럴 수는 없어."

한숨을 쉬는 것처럼 혼잣말을 하며 돌아누웠다.

도서관에 가기 위해서 지금 집을 나선다면 또다시 엄마에게 혼자 걷는 뒷모습을 내보이게 될 것이었다. 엄마는 베란다에서 아파트 단지를 빠져나가는 나를 내려다보며 근심에 잠길지도 몰랐다. 엄마의 걱정도 걱정이지만 나는 우선 엄마에게 창피했다.

문자메시지가 왔다.

진명이었다. 나는 핸드폰을 쥔 채 몸을 벌떡 일으켰다.

진명은 초등학교 다닐 때 가장 친했던 친구였다. 우리 집이 이사를 하는 바람에 서로의 중학교가 달라졌다. 나는 그사이에 진명을 거의 잊고 지냈다.

천천히 다섯을 헤아린 다음에 답을 보냈다. 내 처지를 누구에게라도 발각당하기는 싫었다. 누구도 친구가 없는 아이를 사귀고 싶어 하지는 않는다.

진명은 즉시 답을 보내왔다. 진명과 친했던 시절에 대한 기억들이 우수수 되살아났다. 그것만으로도 친구가 없어서 막혔던 숨통이 조금 트이는 것 같았다.

문자를 주고받으며 부엌으로 갔다. 엄마는 아직 통화 중이었다. 방문은 여전히 조금 열려 있었다. 그러나 나는 아까와는 조금 달라졌다. 엄마의 말소리가 분명하게 들리지도 않았다.

진명은 학원 국어 수업을 같이 듣자고 했다. 자기가 좋아하는 수업인데 학생이 적어져서 다음 달에 폐강될 위기라고 했다. 내가 지금도 책 읽는 것을 좋아하는지 묻고, 여전히 그렇다면 나도 좋아할 만한 수업일 거라고 덧붙였다. 나는 엄마하고 상의해 보겠다고 했다.

엄마하고는 상의를 해 볼 것도 없었다. 엄마는 성적도 안 좋으면서 학원마저 안 다니면 어쩔 거냐고 내게 야단을 한 적이 있었다. 엄마에게 붙어 다닐 친구가 없어서 학원을 안 가는 거라고 말할 수는 없었다.

냉장고를 열었다. 엄마가 스파게티를 만들어 놓았다. 그릇 뚜껑을 열고 전자레인지에 넣어 스파게티를 데웠다. 스파게티와 포크를 쟁반에 담아 들었다.

"참, 나 진명이랑 같은 학원에 다니려고."

방으로 돌아오면서 엄마가 들을 수 있도록 큰 소리로 말했다.

"그 동네까지 가려고?"

엄마가 방에서 물었다. 전화 통화는 끝난 모양이었다.

걸음을 우뚝 멈추었다. 엄마가 반대를 하면 어쩌지 하는 걱정이 일었다.

"진명이가 수업이 좋다고 같이 듣자고 해서."

나는 심드렁한 척하며 말했다. 무엇인가 사실대로 다 말하지 않은 것 같기는 했다. 그렇다고 완전히 꾸민 말은 또 아니었다.

"그래, 잘 생각했다."

"등록할게."

스파게티를 앞에 두고 책상에 앉아서 차분하게 머리를 굴렸다.

학교는 달랐지만 진명과 다시 만나게 된다면 나는 친구가 없는 상태를 벗어나게 될 것이었다. 그러나 진명이 다니는 학원에 우리 학교 애들은 거의 없다. 진명이네 학교 애들이 주로 다니는 학원이었다. 그 학원을 계속 다니게 되면, 우리 반이나 우리 학교 아이들을 사귈 기회는 점점 더 멀어질 수도 있었다. 나는 우선 국어 수업만 듣기로 결정했다. 진명도 국어 수업만 듣는다고 했다.

— 엄마가 허락했어.

진명에게 문자를 보냈다.

스파게티를 먹기 시작했다.

학원 수업은 월요일과 수요일 그리고 금요일에 있었다.

월요일에 진명을 만났다. 거의 1년 만에 만난 것이었다. 어쩐지 조금 서먹서먹했다. 진명은 길었던 머리카락을 짧게 잘랐다. 우리는 키가 거의 똑같았었다. 그러나 못 만나는 사이에 내가 진명보다 훨씬 더 커 있었다. 나는 키가 너무 빠르게 자라고 있었다. 진명은 거의 그대로인 것 같았다.

진명을 만난 날 저녁부터 비가 내리기 시작했다.

비는 오락가락하면서 끈질기게 내렸다. 수요일에도 우리는 여전히 서먹한 상태를 벗어나지 못했다. 물론 처음보다는 훨씬 덜했다.

금요일이 되었다. 엄마는 하루 휴가를 내고 할머니네 집으로 갔다. 할머니를 모시고 병원에 갈 일이 있다고 했다.

오후가 되면서 다시 비가 내리고 있었다. 나는 학원까지 걷기 시작했다. 걸어가기에는 좀 먼 길이었지만 금요일이라 학교가 일찍 끝나서 시간이 많았다. 느릿느릿 걸어야 너무 이르지 않게 학원에 도착하게 될 것이었다. 우산을 받고 있었지만 발이 다 젖었다.

초등학교 때 늘 다니던 길이었다. 길은 별로 변한 게 없었다. 그런데도 조금 낯설었다. 나는 우뚝 서서 주위를 둘러보았다.

진명과 나는 같은 아파트 단지에 살았다. 우리 집은 302동이었고, 진명이네 집은 303동이었다. 우리는 늘 붙어 다녔다. 헤어지기 싫으면 서로의 집을 오가며 같이 잤다. 나는 진명의 긴 머리카락을 땋아 주곤 했다.

진명이네 집과 우리 집은 내부 구조가 똑같았다. 진명이네 아빠가 서재로 쓰는 방을 우리 집에서는 할머니가 썼다.

내가 중학교에 들어가기 전에 우리 집은 이사를 해야 했다.

"더 늦기 전에 사과나무를 심어서 나무에 열린 사과를 따 먹어 보고 싶구나."

어느 저녁 식탁에서 할머니가 이렇게 말했던 것이다. 내가 초등학교를 막 졸업하려고 할 때였다. 할머니는 사과를 무척 좋아해서 우리 집에는 사과가 없는 날이 없었다. 그래서 늘 사과 향기가 떠돌아다녔다. 할머니는 내가 더 이상 할머니의 보살핌이 필요 없는 나이가 되었다고도 덧붙였다.

엄마는 집을 줄였다. 그렇게 해서 생긴 돈으로 할머니에게 따로 집을 마련해 주었다. 사과나무를 심을 수 있는 집이었다. 할머니는 집 앞 밭에 사과나무 다섯 그루를 심었다. 엄마와 내가 이사한 집은 엄마가 다니는 회사와 가까웠다. 할머니 방은 따로 없었다. 나는 할머니와 진명, 두 사람과 동시에 헤어져야 했기 때문에 무척 슬퍼했다. 며칠 동안 밥도 안 먹었다.

비가 그쳤다. 나는 우산을 접어서 빗물을 턴 다음 등에 짊어진 가방 옆구리 그물망에 넣었다.

다시 걷기 시작했다. 금방 더워졌다. 해가 났다. 갑자기 주변이 환해졌다. 젖어 있는 가로수와 길과 건물들이 햇살을 반사했다. 눈이 부셨다.

가로수 그늘로 들어갔다. 그늘을 따라 걸었다. 길은 길게 드리운 가로수 그림자 때문에 빛과 그림자로 반반씩 나누어져 있는 것처럼 보였다. 간간이 머리 위로 물방울들이 떨어졌다. 그렇다고 그는 밖으로 나갈 마음은 생기지 않았다. 고개를 흔들어 물방울을 털어 냈다. 등에서는 땀이 흘렀다.

매미가 울었다.

"자, 시작!"

누군가 이런 신호를 보낸 것처럼 갑자기 소리를 냈다. 대기하고 있던 수십 마리의 매미들이 한꺼번에 소리를 내기 시작한 것 같았다. 고개를 들어 나무를 올려다보았다. 매미는 보이지 않았다.

엄마한테서 전화가 왔다. 눈으로는 매미를 찾으면서 통화를 했다. 엄마는 병원을 다녀온 할머니와 하룻밤을 같이 보내겠다고 말했다. 매미 찾는 것을 멈췄다. 할머니가 많이 편찮으신가 하는 걱정이 들면서도, 나 혼자 두고 둘이서만 같이 있겠다는 엄마 말이 서운했다.

"나는?"

내가 대뜸 물었다. 또 멧돼지라고 할까 봐서 대놓고 툴툴거리지는 못했다.

"어떻게 할래?"

엄마가 되물었다. 말문이 막혔다. 어떻게 할까 결정할 수 있는 방법과 내용이 떠오르지 않았다.

"할머니네로 올래? 아니면 혼자 집에 있어 볼래?"

막막했던 머릿속을 엄마가 터 주었다. 그렇더라도 결정은 내가 해야 했다. 할머니네 집으로 간다면 지금 출발해야만 했다. 학원을 빠져야 하는 것이다. 그러면 진명을 만날 수 없게 된다.

나는 진명을 만나기로 결정했다. 집에는 엄마가 없고, 밤을 혼자 보낼 엄두가 당장 나지는 않았다. 그러나 진명은 나를 기다리고 있을 것이었다.

"혼자 있어 볼게요."

나는 최대한 어른스럽게 말했다.

엄마에게 아이 취급 한다고 따져 물었던 때가 있었다. 이제는 아직 아이인데 어른 취급 한다고 따져 물어야 할 판국이었다. 중학생이라는 존재는 그러했다. 나는 불만에 차서 씩씩거리며 걸었다.

학원에 거의 다다랐을 때였다. 매미 한 마리가 발 앞에 툭 떨어졌다. 나는 걸음을 멈추었다. 매미는 젖은 보도블록에 등을 대고 누워 있었다. 여섯 개의 다리를 가슴과 배 위에 오그리고 있었다. 마치 무엇인가를 움켜쥐고 있는 것 같았다.

그대로 두었다가는 누가 밟고 지나갈 것 같았다. 주위를 둘러보았다. 내게 관심을 두는 아이는 없었다. 나는 재빨리 매미를 집었다. 매미는 껍데기만 남아 있는 것처럼 가벼웠다. 너무 가벼웠다.

나는 매미를 손 안에 숨겼다. 주위를 둘러보았지만 매미를 둘 만한 마땅한 곳을 찾지 못했다.

학원 앞에서 진명이 나를 향해 손을 흔들고 있었다. 나도 진명을 향해 손을 흔들었다. 오른손에 매미를 쥐고 있어서 왼손을 흔드느라고 조금 어색했다. 진명이 편의점 쪽을 손가락으로 가리켰다. 그쪽으로 오라는 뜻이었다.

매미를 가방 그물망에 넣었다. 우산이 없는 쪽 그물망이었다.

편의점은 에어컨을 세게 틀어 놓았다. 땀이 빠르게 식었다. 진명은 우리가 먹을 떡볶이와 딸기우유를 계산하고 있었다. 우리는 월요일에도 수요일에도 만나자마자 떡볶이와 딸기우유를 먹고 마셨다.

"9단지 놀이터 뒤에 산이 있었잖아. 거기에 죽은 사마귀 묻어주었던 것 생각나?"

떡볶이가 매워서 딸기우유를 한 모금 마신 후 내가 물었다. 그곳에 나와 진명이 만들어 놓은 공동묘지가 있었다. 사마귀뿐만 아니라 지렁이, 매미, 무당벌레의 무덤이 있었다. 비둘기의 무덤이 가장 컸다.

"아니."

진명이 대답했다.

진명은 떡볶이를 먹으면서 핸드폰으로 국어 수업을 예습하고 있었다. 월요일에도 수요일에도 진명은 예습을 했다. 오른손으로 핸드폰을 들고 왼손으로 떡볶이를 먹고 우유를 마셨다.

나는 진명의 속눈썹을 슬쩍 훔쳐보았다. 속눈썹은 여전히 길고

예뻤다. 나는 매미를 묻어 주자고 말하려던 것을 포기했다. 내가 생각해 봐도 너무 어린아이 같은 제안이었다.

"나 오늘 네 집에 가서 자도 돼?"

생각지도 않은 말이 튀어 나갔다. 말을 해 놓고 보니 너무 들이대는 거 아닌가 하는 걱정이 되었다.

"좋아."

진명이 망설임 없이 대답했다.

"정말, 괜찮겠어?"

내가 다시 물었다.

"응. 우리 예전에 많이 그랬잖아."

진명이 말했다. 밤늦도록 이야기를 나누면 아직 서로에게 남아 있는 서먹함이 완전히 사라질 것이었다. 나는 더 이상 진명의 예습을 방해하지 않기로 했다.

진명은 국어 선생님과의 수업을 준비하는 것이었다. 진명은 국어 선생님을 좋아하는 것 같았다.

"우리 엄마한테 허락받을게."

내가 말했다.

나는 엄마에게 진명이네 집에서 자기로 했다고 문자했다. 엄마는 진명이네 엄마한테서는 허락받은 것이냐고 물었다.

"네 엄마한테 허락받지 않아도 돼?"

내가 진명에게 물었다.

"괜찮아, 우리 엄마는."

진명이 말했다.

— 진명이가 괜찮대.

나는 엄마에게 이렇게 문자를 보냈다.

— 진명이네 엄마에게 먼저 허락을 꼭 구하도록 해. 무슨 일 생기면 연락하고.

엄마가 답을 보냈다. 나는 알았다고 했다.

수업 시작 시각이 가까워졌다.

우리는 편의점에서 학원까지 뛰어갔다. 있는 힘껏 뛰어야만 했다. 월요일에 진명이 제안한 놀이였다. '여름에 겨울의 추위 느껴 보기'라는 이름까지 붙였다. 나는 열심히 달렸다. 그러나 어쩐지 유치한 놀이라는 생각을 저버릴 수가 없었다. 온몸이 땀으로 다시 젖었다.

학원 안으로 뛰어 들어갔다. 학원도 에어컨을 세게 틀어 놓았다. 달아올랐던 몸이 빠르게 식으면서 팔뚝에 소름이 돋았다. 우리는 팔뚝의 소름을 서로에게 내보이며 몸을 달달 떨면서 웃었다.

국어 선생님은 독특했다. 수업을 하면서 가끔 오른손으로 왼손 손등을 긁었다. 핸드폰을 걷어 가지도 않았다. 수강생은 진명과 나를 포함하여 모두 다섯 명이었다. 나와 진명은 교재를 펼쳐 놓고 있었지만 나머지 세 아이들은 핸드폰만 만지작거렸다. 무엇인가 몹시 못마땅한 얼굴들이었다. 모두 진명이네 학교 교복을 입고 있었다.

선생님이 시 「사과」의 첫 번째 연을 소리 내어 읽었다. 진명이 편의점에서 예습했던 시였다.

조용한 아침이었다
방문 앞으로
사과 향기가 흘러 다녔다
언니는 간밤에 집을 나갔다
담장 너머에서는
병사들의 행군이
밤에서 아침으로
끊임없이 이어지고 있었다
한 입 베어 먹은 사과가
담을 넘어 날아와 마당에 떨어졌다

진명은 맨 앞줄에 앉아 있었다. 선생님과 가장 가까운 자리였다. 나는 빈 책상 세 개를 진명과의 사이에 두고 앉았다. 맨 앞자리이기는 했지만 구석진 곳이었다.

"누가 나머지 두 연을 마저 읽고 이 시에 대해서 말해 볼래? 참고서에 나와 있는 해설 말고."

선생님이 말했다.

진명이 시의 나머지 두 연을 소리 내어 읽었다. 사과 향기를 따라 집을 나간 언니를 그리워하는 시였다.

"저는 사과 향기를 맡을 때마다 초등학교 때 단짝을 그리워했어요. 그 아이의 할머니가 사과를 좋아해서 그 집에는 늘 사과가 있었어요. 그 아이에게서도 늘 사과 향기가 났어요."

진명이 말했다. 수업과 어울리지 않는 대답이었다. 아이들이 뒷전에서 킥킥킥 웃었다.

누구라고는 말하지 않았지만 진명은 나에 대해서 말하고 있었다. 나는 속으로 조금 무안했다. 곧이어 그것보다 더 이상한 느낌에 빠졌다. 진명이 말하는 사람은 분명히 나인데, 나는 그 사람이 나 같지가 않았다. 내게서는 이제 더 이상 사과 향기가 나지도 않을 것이었다.

"진명이에게도 시에서와 마찬가지로, 사과 향기는 그리움을 불러일으키네. 그렇지?"

선생님이 말했다. 진명은 바로 대답하지 않고 수줍게 웃었다. 월요일과 수요일에는 선생님과 진명 사이에 열띤 대화가 오고 갔었다.

"안은영."

뜻밖에, 내 이름이 불렸다. 혼자만의 생각에 빠져 있던 나는 깜짝 놀랐다. 구석에 앉아 있으면 없는 사람처럼 여겨질 것이라 예상하고 있었다. 나는 고개를 들었다. 선생님은 내가 말하기를 기다렸다.

심장이 세차게 뛰기 시작했다. 누군가에게 놀림을 받거나 스스로 바보 같은 말을 했다고 자책하게 될지도 몰랐다. 그러나 나는 말을 하고 싶었다.

"우리 할머니가 그러셨는데요, 기후변화 보고서에 따르면 다음 세기에는 한반도에서 더 이상 사과나무가 자랄 수 없대요. 22세기에요."

진명과 마찬가지로 어울리지 않는 대답이었다. 그러나 말을 하고 나니 심장이 평온해졌다. 할머니가 그랬다는 말은 뺄 걸 그랬다. 말을 할 때에는 머릿속이 하얗게 돼서 미처 그 생각을 하지 못했다. 그나마 더듬거리지 않아서 다행이었다.

할머니는 정년퇴직을 한 전직 교사였다. 고등학교에서 지리를 가르쳤다.

선생님이 웃었다. 좀 전에 진명에게 말할 땐 웃지 않았었다. 나는 진명을 돌아보았다. 진명의 옆얼굴이 조금 굳어 있었다.

"저는 사과 향기는 알지만 사과나무는 잘 모릅니다. 사과 향기는 나무를 떠나서 멀리 갈 수 있는 것 같습니다."

진명이 다시 말했다. 말을 하면서 굳어 있던 진명의 옆얼굴이 부드럽게 풀어지고 있었다.

선생님은 교재를 넘기면서 잠시 말이 없었다.

"그러네. 사과 향기는 나무를 떠나서 멀리까지 갈 수 있구나, 진명이 말처럼."

선생님이 말했다. 다 들을 수 있는 말이었지만 이상하게 혼잣말을 하는 것 같았다.

"아, 사과 향기가 맴돌자, 그리움도 따라 일어나 맴도는구나."

선생님이 환하게 웃으며 말했다. 시를 읽는 것처럼 말했다.

선생님의 말과 웃음을 따라, 진명을 신경 쓰느라 굳어 있던 내 마음이 부드럽게 풀어졌다.

다시 진명을 돌아보았다. 진명의 옆얼굴도 빛났다. 짧은 순간이었다. 옆얼굴을 밝혀 주는 은은한 빛 같은 것이 스쳐 지나가는 것 같았다. 그 순간 나는 진명이 예쁘다고 생각했다.

선생님은 문제 풀이를 시작했다. 교재의 여백에 선생님의 수업 내용을 메모했다. 자꾸만 샤프심이 부러졌다. 습한 날씨 때문이었다. 물기는 가느다란 샤프심으로도 스며들어 샤프심을 무르게 만들었다. 당연했지만 신기하게 느껴졌다.

진명으로부터 메시지가 도착했다. 나는 샤프를 펼쳐진 교재 가운데 오목한 곳에 놓았다. 핸드폰을 들었다.

— 지금부터 나를 b라고 불러 줘.

— B?

— 아니, b.

— 응, b.

진명의 메시지는 이어졌다.

— 나는 b, B가 아니다
나는 b, a가 아니다
나는 b, w가 아니다

나는 도착한 메시지를 한동안 내려다보았다. 메시지는 마치 폭이 좁고 길이가 긴 나무판자 세 개를 포개 놓은 것 같았다. 판자 틈으로 아주 작은 소리가 들렸다. 갈 수 없는 먼 곳에서, 우리에 갇힌 짐승이 으르렁거리는 소리였다.

시는 까마득히 먼 곳에서, 우리에 갇힌 짐승이 으르렁거리는 것 같은 소리를 들려주어야 한다고 말한 사람은, 러시아의 시인인 민트바초프스카야였다. 도서관에서 읽었는데, 너무 멋진 말이어서 나는 그 말이 있는 책의 쪽수에 분홍색 하트 다섯 개를 그려 주었다.

잊고 있던 일이 떠올랐다.

놀이터 시소 앞에서 각자의 집으로 헤어지기 전에 우리는 미리 적어 온 쪽지나 편지를 주고받았었다. 서로를 향해 쭈그리고 앉아서 받은 쪽지와 편지를 가방에 넣었다. 내 가방에는 진명에게서 받은 편지를 넣는 칸이 마련되어 있었다. 가방을 멘 다음에는 가방 바닥에 묻은 모래 먼지를 서로 털어 주었다. 집으로 돌아올 때마다 진명의 편지 내용이 늘 궁금했었다. 궁금하다는 말로는 부족했다. 설레었다.

나는 집에 오자마자 책상에 앉아 진명의 편지를 꺼내 읽었다. 그리고 곧바로 그 자리에서 답장을 썼다.

그때 앉아 있던 책상은 지금도 내 방에 있다. 그러나 그때 주고받았던 편지들과 그때 짊어지고 다녔던 분홍색 가방은 어디론가 사라졌다. 그리고 지금까지 나는 그 일을 까마득하게 잊고 있었다. 진명은 그 일을 기억하고 있는 것 같았다.

나는 잊고 있었던 그때처럼 답장을 썼다.

— 너는 소문자 b, 대문자 B가 아니라
　너는 두 번째의 b, 첫 번째 a가 아니라
　너는 black의 b, white의 w가 아니라

첫 번째 문장과 두 번째 문장은 말놀이에 가까웠다. 세 번째 문장은 수요일에 진명이 한 말과 연결되어 있었다. "백인 경찰은 흑인 소년에게 총을 쏠 수 있잖아. 흑인 경찰은 백인 소년에게 총을 쏠 수 있을까?" 인터넷 뉴스를 보면서 한 말이었다. 나는 대답을 하지 않았다. 왜 그런지 모르겠지만, 흑인 경찰은 백인 소년을 쏘지 못할 거라는 생각이 들긴 했다.

진명이 내가 보낸 글을 읽은 다음 나를 돌아보며 웃었다. 내 메시지가 마음에 든 모양이었다.

"정말 b라고 불러?"

수업이 끝나고 학원을 나서면서 내가 물었다.

"응."

진명이 대답했다. 기억에는 없었지만, 우리는 다른 이름으로 서로를 부르는 놀이를 했을지도 몰랐다.

"알았어, b."

우리는 함께 웃었다.

b가 집까지 뛰어가자고 제안했다. 우리는 뛰기 시작했다. 가방에서 무엇인가 덜그럭거렸다. 무엇이 그러는지 짐작할 수 없었다. 덜그럭거릴 만한 게 떠오르지 않았다.

가로등 불빛 속에서도 매미 소리가 요란했다.

습하고 무더운 저녁이었다. 몸에서 땀이 줄줄 흘러내렸다.

"어서 와. 오랜만이네."

b의 엄마가 반갑게 나를 맞아 주었다. b의 엄마는 예전에도 무척 친절했다.

"오늘 같이 자기로 했어."

b가 말했다.

"그래?"

b의 엄마가 b와 나를 번갈아 보며 물었다.

b의 엄마에게 미리 허락을 구해야 된다던 엄마 말이 떠올랐다. 너무 늦었다.

"자고 갈 준비는 해 왔니?"

b의 엄마가 물었다. 나는 고개를 저었다. 똑바로 대답하지 못하고 고개를 젓는 것은 어린아이의 행동이라는 생각이 들었다. 땀으로 흠뻑 젖은 내 몰골 또한 남의 집을 방문하기에는 적절하지 않은 것이었다. 그러나 역시 너무 늦었다.

나는 b가 자기 엄마에게 나를 위해서 무슨 말인가 해 주길 바랐다. 그러나 b는 신발을 벗고 자기 방 쪽으로 앞서갔다.

"우선 들어와라."

b의 엄마가 한쪽으로 비켜서며 말했다.

나는 신발을 벗었다. 나는 여전히 빗물에 젖은 양말을 신고 있었다. 깜박 잊고 있었다. 신발 하나만 벗고 나머지 신발은 벗지 못했다. 내 사정을 눈치채고 b의 엄마가 슬리퍼를 가져다주었다. 나는 신발을 마저 벗고 슬리퍼를 신었다.

집 안은 선선했다. 땀이 빠르게 식어 갔다. 미역국 끓이는 냄새가 났다. 내 몸에서는 땀 냄새가 났다. b의 엄마는 우리 둘 다 씻기부터 해야 한다고 말했다. 아빠가 일찍 퇴근하니까 저녁을 같이 먹을 수 있을 것이라고도 덧붙였다.

"엄마, 은영이는 안방 욕실을 쓰게 해 주세요."

b가 욕실로 들어가며 말했다.

"은영아, 아저씨가 곧 오실 거야. 네가 지금 안방 욕실을 쓰는 것은 좀 그렇구나."

b의 엄마가 말했다.

"진명이가 다 씻고 나올 때까지 여기서 기다릴게요."

내가 말했다.

"그래, 그러는 게 낫겠다."

나는 어디에 앉을 수도 없었다. 교복 치마도 축축하게 느껴졌다. 소파 앞에 엉거주춤 서 있을 수밖에 없었다.

"할머니는 잘 지내시니?"

b의 엄마가 물었다.

나는 깜짝 놀랐다.

b의 엄마가 부엌으로 가면서 물은 것이었다. 나를 돌아보지 않았기 때문에 다른 사람에게 묻는 것 같았다.

"아, 네? 네, 잘 계세요."

b의 엄마는 내 말에 별 대답이 없이 부엌으로 갔다.

미역국 냄새는 점점 더 짙어졌다. 나는 가방을 내려놓을 수도 없었다. 무엇인가 크게 잘못을 저지른 기분이 들었다. 추운 것도 아니었는데 팔뚝에 소름이 돋았다.

욕실에서 b가 나왔다. b와 눈길을 주고받았다.

"들어가서 씻어. 내가 갈아입을 옷 가져다가 욕실 문 앞에 놓을게."

b는 마른 옷으로 갈아입고 나왔다. 처음 보는 옷이었다. 그래서인지 b도 낯설어 보였다. b는 젖은 교복을 공처럼 말아서 옆구리에 끼고 있었다.

"교복은 세탁기에 같이 돌릴게."

b가 옆구리에 끼고 있던 젖은 옷가지를 손가락으로 가리키며 말했다. 나는 마지못해 고개를 끄덕였다.

욕실로 들어갔다. 욕실에 계속 있을 수는 없겠지만 잘못을 저지른 것처럼 졸아들었던 마음이 조금 풀어졌다. 나는 변기 뚜껑을 내려 그 위에 앉았다. 가방을 벗어 꽉 끌어안았다. 매미가 생각나서 팔의 힘을 풀었다. 그물망에 들어 있는 죽은 매미를 까맣게 잊고 있었다.

'지금부터는 잊지 말아야지.'

나는 속으로 다짐했다.

길게 숨을 내쉬었다. 어떻게 할지 스스로 결정해야만 했다. 젖은 양말 속에서 발가락을 꼬무락거려 보았다. 두 발에 새 힘이 실리는 것 같았다. 욕실을 둘러보았다. 낯설고 강렬한 비누 냄새가 났다.

밖에서 남자 말소리가 났다. b의 아빠가 퇴근을 한 것 같았다. 나는 일어나 가방을 다시 멨다.

욕실을 나갔다. 문 앞에는 진명의 마른 옷가지가 놓여 있었다. 나는 그것을 넘어갔다.

b와 b의 아빠가 거실 소파에 앉아 있다가 나를 돌아보았다.

"집에 가 봐야겠어. 할 일이 생각났거든."

b에게 말했다. b의 엄마가 한 손에 국자를 들고 부엌에서 나왔다. 커다란 해바라기가 그려진 앞치마를 입고 있었다.

나는 서둘러 인사를 했다. 슬리퍼 신는 것을 깜박했다. 축축한 양말을 신은 발로 발자국을 찍으며, 욕실 문 앞에서부터 거실까지 더럽혀 놨을 것이었다.

무더운 밤이었다. 나는 달렸다. 그물망에 있는 죽은 매미가 떠올랐다. 이유 없는 슬픔이 배꼽 안쪽에 뭉쳐 있다가 온몸으로 번져 나갔다. 가방이 달그락거렸다. 나는 그 소리에 발을 맞추면서 즉석에서 노래를 지어 불렀다.

나는 b, a 아니고
나는 b, w도 아니고
나는 b, 눈은 아니므로
나는 b, 소나기인가?
나는 b, 가랑비인가?

나는 계속 달렸다. 노래를 불렀다. b의 메시지로부터 시작된 노래였다.

나는 b, 네가 뭐라고?
나는 b, 누구신가요?
나는 b, 외톨이라고?

내 목소리는 점점 커졌다. 자기네 집 소파에 앉아서 나를 돌아보던 b의 모습이 떠올랐다. 소파가 커서인지 b는 어린아이 같았다.

b가 그리웠다.

나는 b. 안, 은, 영. 박, 은영, 아, 니, 고.
나는 b. b의 친구, 나는 b. b는 오, 진명.

나는 되는대로 가사를 붙여 가며 노래를 불렀다. 새로운 말이 생각나지 않으면 이미 부른 가사를 붙였다. 슬픔은 그사이 희미해지다가 사라졌다.

아무도 없는 집은 어둡고 고요했다. 나는 집의 불을 모두 밝혔다. 가방 그물망에서 매미를 꺼냈다. 책상 위에 놓았다.

b에게서 문자가 와 있었다.

— 은영아,

나 진명이야.

너는 나를 잘 이해해 주는 유일한 어른 같아.

우리가 초등학교 때도 너는 그랬어.

그렇지만 우리의 어린 시절은 다 지나가 버린 것 같아.

월요일에 만나.

곁에 있어 줄 거지?

안녕.

나는 b의 문자를 세 번 읽었다.

첫 번째로 읽었을 때는, b의 뜻밖의 속마음을 알고 놀랐다. 두 번째 읽었을 때는, b가 알고 있는 나와 내가 생각하는 내가 전혀 다르다는 사실을 알게 되었다. 내가 어른스럽다니, 무척 당황스럽고 낯설었다. 세 번째 읽었을 때 나는, b도 나처럼 친구가 없을지도 모른다고 생각했다.

집에서 혼자 밤을 맞이하는 일은 처음이었다. 조금 무서웠고 조금 긴장되었다.

몸을 씻고 머리를 감았다. 교복과 속옷과 양말을 빨아 널었다. 운동화도 빨았다. 밥을 혼자 먹었다. 시간이 느리고 깊게 흘러갔다. 태어나서 처음으로 혼자 있는 것을 경험하는 것 같았다.

"괜찮군, 괜찮아."

나는 설거지를 하면서 혼잣말을 했다.

문단속을 했다. 잠옷으로 갈아입었다. 책상 위에 매미가 있었다. 내일 날이 밝으면 적당한 데를 찾아서 묻어 주기로 결정했다. 태어나서 처음으로 집에서 혼자 잠들었다.

더워서 잠을 깼다. 잠이 덜 깬 상태로 커튼을 젖히고 창문을 열었다. 우리 집은 6층에 있었다. 창문을 다 열어 놔도 위험할 일은 없었다. 나는 다시 잠들었다.

사과 향기가 났다. 어렸을 때 살았던 집 뒷베란다였다. 할머니는 그곳에 늘 사과 상자를 쌓아 두었다. 나는 그곳으로 자주 숨어들어 갔다. 뒷베란다는 환했다. 이것은 지나간 일에서 피어오르는 사과 향기야. 꿈속에서 내가 중얼거렸다. 할머니가 내 팔을 잡아끌었다.

"은영아, 구석이 편하다고 해도 거기 너무 오래 있으면 못쓴다."

사과 상자 사이에 숨어 있는 나를 할머니가 안아 올리면서 말했다. 꿈속에서 나는 아주 어린 여자아이였다.

물기 많고 서늘한 바람 한 줄기가 잠든 나를 스쳐 지나가고 있었다. 나는 잠결에 바람의 감촉을 선명하게 느꼈다. 바람은 너울대며 창문을 넘어 들어오고 있었다. 커튼이 가만히 부풀었다가 다시 가라앉는 기척을 느꼈다.

나는 그 바람결에 실려 온 어떤 말을 들었다. 세 마디의 말이었다. 깊었던 숨을 길게 내쉬면서, 누군가 세 마디의 말을 했다. 바람이 잠든 나를 감쌀 때 나는 그 말을 들었다. 처음엔 할머니가 한 말이라고 생각했다. 그러나 할머니 목소리는 아니었다.

나는 잠에서 깨어났다. 눈을 뜨지 않고, 나를 스쳐 지나간 말이 무슨 말이었는지 기억해 내려 했다. 그러나 안타까웠다. 말소리는 있었지만 그 안에 담겨야 할 말의 의미는 아직 만들어지는 중이었다. 무슨 말인지 분명하게 알 수 없었다. 의미는 지나가는 바람 같았다.

바람이 스치고 지나간 느낌은 여전히 몸에 남아 있었다. 그러나 말소리는 서서히 풀어지는 것처럼 사라지면서 점점 잊혀져 갔다.

빗방울이 도시가스 배관이나 홈통에 부딪치는 소리가 났다. 밖에서 비가 내리고 있는 모양이었다.

누굴까. 누가 무슨 말을 했을까.

나는 내게 다 오지 못한 그 말이 그리웠다.

그 말은 아직 내게 오지 않은 시간으로부터 먼저 출발한 메시지일 거라고 생각했다. 지금은 가지 못하는 먼 미래에서 출발하여 이제 막 내게 도착하기 시작하는 메시지 말이다.

오 문 세 … 템플

기차에 오르면서 오늘이 12월의 마지막 날이라는 걸 깨닫는다. 지긋지긋했던 한 해가 끝나 가고 있고, 먼지처럼 부유하던 내 의지도 같이 끝나 가고 있다. 우산을 접고 표에 적힌 좌석을 찾아 안으로 들어선다. 바깥에는 눈이라고 부르기 민망한 것들이 조금씩 흩날리고 있다. 이런 걸 맞는다고 느닷없이 얼어 죽거나 하지는 않는다. 그런데도 엄마는 기어코 내게 이 거추장스러운 우산을 쥐여 주었다.

여행객처럼 보이는 남녀가 근처에 앉아 있을 뿐 다른 승객은 눈에 띄지 않는다. 내 자리는 앉아서 가는 재미가 별로 없는 통로 쪽이었는데 빈자리가 넘쳐흘렀으므로 눈치껏 창가로 자리를 옮긴다. 기차가 느리게 출발한다.

그냥 일직선으로 쭉 걸어오면 돼. 2년 만에 듣게 된 수화기 너머의 목소리는 여전히 너무 익숙해서 오히려 묘한 느낌을 줬다. 뭘 어떻게 일직선으로 오라는 거야. 마중 안 나올 거야? 돈이 떨어져 가는지 공중전화에 신경질적으로 동전을 넣는 소리가 들렸다. 누나가 있는 장소가 아니면 들어 볼 기회가 없는 소리였다. 신세 지러 오는 새끼가 말이 많아. 알아서 찾아와. 그래도 기차역까지는 데리러 와 주지 않을까 했는데 헛된 바람이었다.

누나와 나는 스스럼없이 말을 주고받기는 했어도 그렇게 가까운 사이는 아니었다. 갑작스럽게 모든 걸 때려치우기 전까지 누나는 잘나가는 종합병원의 전공의였다. 내가 고등학교 입학을 눈앞에 두고 선행 학습이다 뭐다 해서 끙끙 앓고 있을 때 몇 마디 말도 안 되는 조언을 해 준 적도 있다. 그냥 교과서만 열심히 읽으면 돼. 쉽게 생각하는 거야. 문제가 어렵다고 생각하면 진짜 어려워져.

독립해서 나간 뒤 가끔 가족 행사에 모습을 비추면 아득히 멀어 보이는 사람이었다. 별로 궁금해하지 않아도 여기저기서 누나의 소식이 들렸다. 졸업하며 썼던 논문이 어느 잡지에 실렸다더라. 수석으로 시작해서 벌써 아무개 교수님 눈에 들었다더라. 전공의 생활이 끝나면 더 좋은 대학병원으로 옮겨 갈 거라더라. 카더라, 카더라.

그런 사람이 왜 느닷없이 인터넷 지도에도 제대로 나오지 않는 시골 마을에 틀어박혔는지 모를 일이다. 엄마는 사람이 머리에 든 게 너무 많으면 가끔 그렇게 이해할 수 없는 짓을 할 때가 있다고 했다. 나는 머리에 든 게 너무 많지 않았기 때문에 엄마의 설명에 어떤 논평을 가할 수는 없었다.

내가 이 우스꽝스러운 유배를 탐탁지 않아 하면서도 마지못해 수락했던 건 일시적인 전원생활이 나에게 도움이 될 거라고 굳게 믿는 엄마의 바람을 더 이상 외면할 수 없었던 이유도 있지만, 한편으로는 누나의 속내가 궁금하기도 했다. 요즘에도 친척들 사이에 종종 화제가 되곤 하는 누나의 뜬금없는 은퇴 선언에 새삼 호기심이 일었던 것이다.

큰아버지 내외는 내가 태어나기 전에 교통사고로 돌아가셨다. 만취한 운전자가 초록불이 들어온 횡단보도를 질주했다. 큰아버지는 현장에서 즉사했다. 희미하게 숨이 붙어 있던 큰어머니는 피로에 찌든 외과의의 사소한 실수로 상태가 악화돼 곧 큰아버지의 뒤를 따랐다. 누나는 그때 겨우 여덟 살이었다.

이제 막 신혼 생활을 시작했던 엄마 아빠는 큰아버지 내외의 하나뿐인 자식을 고심 끝에 거둬들였다. 엄마가 아이를 갖기 어려운 체질이라는 산부인과의 진단이 있었지만, 단지 그 이유만으로 내릴 수 있는 결정은 아니었다는 걸 지금은 안다. 누나가 열두 살이 되고 어느 정도 철이 들 무렵 (엄마의 표현을 빌리자면) 벼락처럼 내가 태어났고, 그때부터 우리는 적당히 거리를 둔 남매로 한집에서 살았다.

내가 기억하는 가장 오랜 순간부터 누나는 항상 바쁜 사람이었다. 드물게 얼굴을 마주치면 형식적으로 인사만 할 뿐 하루 종일 두꺼운 책을 파고 있는 일이 다반사였다. 그렇다고 이쪽을 무시한다거나 일부러 외면하는 기색은 느낄 수 없었다. 나도 누나에게는 별다른 불만을 품지 않았다. 나중에 잠깐 이 묘한 관계에 대해서 생각해 볼 기회가 있었는데, 나는 다만 우리가 서로를 크게 의식하지 않을 뿐이라는 결론을 내렸다.

누나가 한동안 산속에 틀어박혀 살겠다는 일방적인 통보와 함께 모든 연락을 끊었을 때도 나는 엄마처럼 크게 걱정하지 않았다. 어떻게 이럴 수가 있니? 사라졌던 누나는 한참 뒤 밀린 일정을 처리하는 사람처럼 천연덕스럽게 엄마에게 전화를 걸었다. 엄마는 화를 냈다. 누가 뭐래도 너는 내 딸이야. 누나의 자의적인 실종이 엄마에게 얼마나 큰 충격이었을지는 굳이 묻지 않아도 대충 짐작이 갔다. 엄마는 (그리고 아마 아빠도 그랬겠지만) 양친을 잃고 홀로 남겨진 누나의 마음을 얻기 위해 무던히도 애를 써 왔다.

왜 우리 엄마는 누나만 저렇게 챙기지? 공부를 잘해서? 하고 심각하게 고민했던 적이 있다. 고등학교에 입학하기 전, 그러니까 내가 아직 누나의 입양 사실을 모르고 있을 때의 일이다.

기차 안은 나른한 느낌을 준다. 나는 미리 사서 배낭 안에 넣어 둔 과자 몇 개와 주스를 꺼내 조금씩 나눠 먹는다. 누나가 있는 곳까지는 대충 세 시간 정도 걸린다. 한숨 자기로 하고 눈을 감는다. 요즘 꾸는 꿈들은 죄다 정체를 알 수 없는 무언가로부터 쫓기는 내용이다. 화들짝 놀라며 잠에서 깼다가 눈을 감고 화들짝 놀라며 잠에서 깬다.

역에 도착했을 때는 특별히 한 게 없는데도 진이 빠져 버렸다.

오후 일곱 시를 조금 넘긴 시간이고 하늘은 벌써 새카맣다. 배낭 옆의 주머니에 꽂아 둔 손전등을 미리 꺼낸다. 기차역 내부는 곳곳에 비치된 조명으로 밝았지만 밖으로 나오니 눈이 멀 것 같은 어둠이 사방에 깔렸다.

쓸데없는 짓이라고 생각하면서도 손전등의 스위치를 올리고 여기저기 비춰 본다. 은근히 기대했던 누나의 모습은커녕 낯선 사람의 그림자조차도 없다. 역전을 뒤로하고 으스스한 숲을 가로질러 한참 헤매다가 無影寺무영사라고 성의 없이 휘갈긴 작은 표지판을 어렵게 발견한다.

無影寺 - 5km.

5킬로미터? 엄마와 함께 찾아간 전문의인지 뭔지 하는 작자가 스마트폰 전자파의 영향일 수도 있다고 짐작했기 때문에 내가 가진 연락 수단은 바다에서나 띄워 보낼 수 있는 반쯤 비워진 음료수병뿐이다. 나는 근처에 공중전화 박스가 있지 않을까 기대하고 주위를 두리번거리며 걷는다. 그러나 실망스럽게도 공중전화 박스는커녕 문명의 작은 흔적조차 발견하지 못한다. 누나가 호랑이 가죽으로 만든 옷을 입고 장작을 패며 나를 맞이한다고 해도 이상할 게 없는 동네다.

그런데 우습게도 누나의 설명은 꽤 정확한 편이었다. 정말로 앞에 죽 뻗은 길을 따라서 걸어 올라가기만 하면 되었던 것이다. 울퉁불퉁하게 솟은 불친절한 길바닥을 손전등으로 훑으며 천천히 걷는다. 갈아입을 옷 두 벌과 우산 하나만 챙겨 온 건 현명한 선택이었다. 엄마가 일주일 동안 만들어서 가지런히 포장한 반찬거리를 받았으면 걷는 도중에 배낭에 깔려서 쓰러질 뻔했다. 나중에 택배로 부쳐 달라고 야무지게 버텨 낸 어제의 내가 새삼 기특해지는 순간이다.

전국적으로 내린다던 눈은 여기서도 간헐적으로 내리다 말다 한다. 먼 길을 가야 하는 내 입장에서는 그나마 다행이었다. 그렇게 한 시간을 걷는다. 사방이 어두웠기 때문에 누나가 있는 절은 코앞에 도착할 때까지도 거기 있다는 걸 눈치채지 못했다. 캄캄한 공기를 손전등으로 휘저으며 "누나?" 하고 부른다. 원래 있던 글자가 다 떨어져 나가서 無影寺의 無만 간신히 제 모습을 유지하고 있는 절의 현판 아래를 지난다. 사람을 기죽게 만드는 입구의 무시무시한 사천왕상이 사방에서 이쪽을 노려보고 있는 게 느껴진다. 허락도 없이 버려진 절에 들어와 사는 누나가 탐탁지 않은 듯했다. 괜히 손바닥으로 목덜미를 한번 쓸고 서둘러 안으로 들어선다.

"누나, 나 왔어."

이번에는 좀 더 큰 목소리를 낸다. 얼음처럼 굳어 있던 정적이 날카롭게 흩어지며 왔어, 하는 긴 메아리를 잇는다. 예상했던 것보다 훨씬 멀쩡한 모습의 건물 사이를 오가며 누나를 찾는다. 입구 양옆으로 두 채의 작은 건물이 있고 살짝 떨어진 곳에 큰 건물이 두 채 있지만 누나는 아무 데도 없다. 10분 뒤, 누나가 절을 비운 게 확실해지자 나는 세 명의 부처가 나란히 앉은 건물 앞에 걸터앉아 기차에서 먹다 남은 주전부리를 꺼내 입에 문다. 눅눅해진 과자는 아무 맛도 나지 않는다. 스펀지를 씹는 기분이다.

그냥 그런 게 아닐까. 이런 생각을 했던 기억이 난다. 시간이 흐르면 자연스럽게 변하고 사라지는 다른 많은 것들처럼 나 역시 그런 게 아닐까, 하고. 엄마는 말도 안 되는 소리라며 일축하고 말았지만 나는 꽤 오랫동안 이런 생각을 붙잡고 있었다. 만약에 정말 그런 거라면 나는 이제 어떻게 해야 하나. 고민이 다른 고민의 꼬리를 물고 끝도 없이 이어진다.

한참을 그렇게 구겨져서 앉아 있는데 어느새 누나가 여유로운 걸음으로 내 앞에 나타난다.

"헬로, 마이 리틀 브라더. 웰컴 투 더 절."

웰컴 투 더 절? 반사적으로 손전등을 비춘다. 누나는 "아 씨발," 하며 황급히 눈을 가린다. 2년하고도 대략 6개월 만이다.

"절이 영어로 뭔지 몰라?"

"알아 자식아. 날 뭐라고 생각하는 거냐?"

"뭔데."

"안 알려 줘. 이거나 치워. 살인나기 전에."

세 시간 동안 기차를 타고 한 시간이나 걸어서 도착한 리틀 브라더의 소심한 복수는 일단 그렇게 중단한다. 누나는 크게 달라진 게 없어 보인다. 살이 좀 쪘고 단정하던 단발이 허리까지 길었을 뿐이다. 나는 누나에게 "별로 달라진 게 없네. 살만 찌고." 하고 솔직한 감상을 전한다. 누나는 "너는 싸가지는 그대로고 키만 좆나게 컸구나." 하고 받아친다. 그러면서 손에 들고 있는 봉투에서 뭔가를 꺼내 이쪽으로 던진다. 잘 익은 고구마다.

"하나 먹어. 방금 구워서 가져온 거라 맛있어. 진상 그만 피우고 일어나라 새끼야. 부처님한테 귀싸대기 맞기 전에."

나는 "귀싸대기를 맞아도 무단 거주 중인 누나가 먼저 맞겠지." 하고 말하면서 엉덩이를 털고 일어선다. 고구마는 누나가 말한 것처럼 맛이 괜찮다. 고구마를 우물거리며 누나를 따라 입구 옆의 작은 건물로 걸음을 옮긴다. 둘 중 하나는 창고로 쓰고 나머지 하나를 숙소로 쓰는 모양이다. 작은 방 안에 낡은 냉장고와 어울리지 않게 큰 옷장이 전부지만 혼자 살기에는 넉넉해 보인다.

"그래서, 여기 사는 거야?"

"그렇지 뭐."

"엄마가 누나 걱정 많이 하는 거 알지?"

"그렇지 뭐."

"그래도 도시로 돌아올 생각은 없는 거고?"

"그렇지 뭐."

대한민국에 만연한 학벌만능주의에 대해서는 어떻게 생각해? 이렇게 물어도 그렇지 뭐, 하는 대답이 나올 것 같은 느낌이 들어서 나는 입을 다물고 바닥에 이불을 깐다. 맨바닥에서 잘 각오까지 하고 왔는데 제법 두터운 이불이 있어서 놀랐다. 누나는 "지난달에 얻은 거야. 그 전까지는 저기 있는 얇은 거 썼어." 하고 약간 우쭐거리며 말한다. 누나가 이불을 얻은 다음에 와서 다행이다.

"피곤할 테니까 오늘은 내 방에서 자고 내일부터는 뒤쪽 건물 가서 직접 치우고 자. 난방은 제대로 땔 수 있으니까 걱정하지 말고."

그렇게 말하지 않아도 쓰러지기 일보 직전이다. 나는 자리에 누워 이불 속으로 파고든다. 눈꺼풀이 달려드는 대형 트럭처럼 무겁게 들이닥친다. 눈을 감자 기다렸다는 듯 잠이 찾아온다. 축축하고 기분 나쁜 꿈을 꾼다.

아침에 일어났을 때 누나는 어디론가 나갈 준비를 하는 중이었다. 나는 아직도 눈꺼풀에 달라붙은 잠의 여운을 털어 내고 "어디 가?" 하고 묻는다. 누나는 옷걸이에 걸린 낡은 코트를 꺼내 걸치고서 작은 가방을 어깨에 멘다.

"설명하기 귀찮아. 궁금하면 너도 같이 가든지."

누나가 말한다. 서먹한 장소에 혼자 남아서 할 것도 없었으므로 흔쾌히 누나를 따라나선다.

여전히 눈이 내리고 있다. 저녁부터 계속 먼지처럼 뿌려진 모양이다. 제법 쌓여 있어 바닥이 미끄럽다. 누나와 나는 조심스럽게 절의 뒤편을 지나 숲길에 들어선다. 앞서가는 누나를 따르며 누나가 직접 치우라고 한 건물을 슬쩍 살폈는데, 대충 봐도 썩어 들어가는 모양새라 한숨이 절로 나온다.

"엄마한테 얘기는 들었어."

그냥 돌아가서 방이나 치운다고 할까 고민하는데 누나가 문득 생각난 것처럼 말을 건다.

"그래서, 멍청이가 됐다고?"

나는 얼어서 찢어질 것 같은 양쪽 귀를 손바닥으로 문지르며 받아친다.

"뭘 어떻게 들으면 그런 결론이 나와."

"갑자기 까막눈이라도 된 거야?"

"아니."

나는 옷깃을 타고 들어오는 추위에 놀라 진저리를 친다. 더 두껍게 입고 나왔어야 하는데 코트 하나만 걸치는 누나를 보고 방심했다.

"읽을 수는 있어."

"읽을 수는 있다고?"

"응. 근데 그냥 그것뿐이야."

누나는 흠, 하는 소리를 내고 입을 다문다.

느닷없이 닥쳐온 일이었다. 나는 문장의 인과관계를 파악할 수 없었다. 짤막한 문장은 어느 정도 이해했지만 그 이상 늘어나는 글은 해석하기 어려웠다. 난독증은 이런 식으로 발병하고 그러는 게 아닙니다. 사고로 생길 수 있지만, 대부분 선천적으로 겪는 장애죠. 의사는 별것 아니라는 투로 말했다. 신경성 유사난독증인 것 같습니다. 스트레스가 원인이니 편하게 있으면 나아질 겁니다.

엄마는 수능을 앞두고 갑작스럽게 책과 작별한 나에 대한 걱정이 이만저만이 아니었다. 휴일 없이 밤늦게까지 계속되는 공부에 지쳐 있던 나는 일주일 정도 여유롭게 휴가를 받았다고 생각하기로 했다. 그러나 여유로운 일주일은 초조한 보름이 되었고 초조한 보름은 절망적인 한 달로 이어졌다. 엄마가 몸에 좋다는 한약을 여러 첩 달여 와서 억지로 들이밀었지만 그걸 먹어도 증세는 통 나아지지 않았다.

"수능은 봤어?"

"일단은."

아빠는 내가 1년 더 공부해서 제대로 된 대학에 들어가기를 바랐다. 담임도 성적이 나쁜 편은 아니었으니 열심히 준비해서 수능만 다시 보면 될 일이라고 격려했다. 형편없이 떨어진 점수표를 손에 쥐고 마지막 등교를 마친 나는 이제 어쩔 셈이냐? 하고 묻는 아빠에게 생각 좀 해 보고요, 하고 대답했다. 아무리 생각해도 떠오를 게 없다는 걸 알고 있으면서.

"별일이구만." 하고 간단하게 감상을 마친 누나는 묵묵히 걷는다. 사람이 오가며 생긴 길은 얼마 지나지 않아 희미해지고 곧 완전히 자취를 감춘다.

누나가 앞장서서 걷기 편한 곳으로 안내하고는 있지만 나는 금세 지치고 만다. 나무들이 끝도 없이 뻗어 있고 들쑥날쑥한 돌멩이들이 빈틈없이 바닥에 박혀 있다. 밤에 올라오며 가늠한 것보다 훨씬 크고 험한 산이었다. 한참 걸어가던 누나는 붉은 천이 묶인 나뭇가지 앞에 멈춰 선다. 나무 기둥 옆에는 긴 막대기가 하나 비스듬히 놓여 있다.

"잠깐 쉬자."

막대기를 손에 쥐고 바닥에 앉으며 누나가 말한다. 나는 이마에 맺힌 땀방울을 털어 내고 누나 옆에 자리 잡는다.

"자," 하고 누나가 건넨 건 어제 먹던 고구마다. 나는 가방에서 물통을 꺼내 고구마와 함께 조촐한 아침 식사를 한다. 여덟 시를 훌쩍 넘긴 시각이지만 주위가 아직 어둑어둑하다. 누나는 시야가 완전히 밝아질 때까지 기다리는 게 좋겠다며 잠시 휴식을 취한다. 딱히 할 말이 없었기 때문에 나는 가볍게 고개만 끄덕이고 나무에 머리를 기댄다. 여기는 왜 올라왔어? 하고 물어볼 필요는 없다. 기다리고 있으면 알게 될 일이니까.

"이제 가자. 정신 바짝 차리고 내 뒤에 붙어."

막대기를 지팡이 삼듯 짚고 일어서면서 누나가 말한다. 나는 산짐승이라도 나오는가 싶어 약간 긴장된 기색으로 누나의 뒤를 따른다. 누나는 손에 쥔 막대기로 조심스럽게 바닥을 더듬으며 앞으로 걷는다. 바람이 땀으로 젖은 몸을 칼처럼 스치고 지나간다. 걷는 속도를 늦추자 으슬으슬 추워진다. 나는 딱딱 부딪히는 이를 물고 호들갑스럽게 몸을 비벼 댄다. 얼마나 그렇게 걸었는지 모르겠다. 끈질기게 바닥을 헤집던 누나의 막대기 밑에서 둔탁한 소리가 들렸다.

"뭐야?"

"와서 봐."

나는 옆으로 가서 소리를 낸 게 뭔지 들여다본다. 오래된 녹슨 덫이 막대기를 물고 있다. 영화 같은 데서 보던 어마어마한 크기의 덫은 아니지만 막대기를 파고든 앙다문 톱날이 제법 날카로워 보인다. 누나는 한쪽 무릎을 굽히고 앉아서 익숙한 손놀림으로 덫을 해체하고 가방 안에 집어넣는다.

"여우 덫이야. 3, 40년 전까지만 해도 꽤 짭짤했다지. 지금은 멸종해서 구경도 못 한다. 사람이 치어도 크게 다치는 일은 없지만 보다시피 녹이 잔뜩 슬어서. 재수 없으면 발목 날아가."

나는 새삼스럽게 지나온 길을 돌아보고 눈썹 사이를 좁히며 발등을 내려다본다. 누나는 "새끼, 쫄기는. 정말, 진짜로, 너무나 재수가 없으면 그렇다는 거야." 하며 내 머리카락을 헝클어 놓은 뒤 다시 앞으로 걸어간다.

"이곳 사람들이 가끔 약초나 나물 같은 걸 캐러 올라와. 그러다 덫에 걸리는 사람도 있고. 겉보기에는 별거 아닐지 몰라도 바로 조치하지 않으면 위험하거든. 근방에 약국이나 병원도 없고, 기껏해야 페니실린밖에 없는 동네라 처음에는 아주 애먹었어."

"수술이라도 했어?"

"멋대로 수술하면 큰일 나지."

누나는 걸음을 늦추고 엄지로 입술을 훑는다.

"그냥 살짝 처치만 해 줬어. 임시로. 너도 알다시피 내가 배운 게 있잖아."

"좋겠다."

"뭐가."

"배운 게 있어서."

어쩐지 비꼬는 것 같은데 정말 그렇게 생각해서 꺼낸 말이다. 누나는 별다른 대꾸 없이 어깨만 으쓱해 보인다.

불행인지 다행인지 새해 첫날의 수확은 처음의 덫 하나로 끝이었다. 한동안 눈에 불을 켜고 돌아다녔지만 아무것도 찾지 못했다. 누나는 가방에서 붉은 천을 꺼내 근처 나무에 묶는다. 이 일대는 수색이 끝났다는 표시다. 우리는 왔던 길을 되돌아간다. 바닥이 유난히 미끄럽다고 생각은 하고 있었는데 내려가는 도중에 기어코 발을 잘못 디뎌서 엉덩방아를 한 번 찧는다. 누나가 숨이 넘어갈 것처럼 웃는다. 자빠진 김에 쉬어 가기로 한다.

"사범대 들어갈 계획이었다며? 교사 되려고."

"엄마가 그래?"

"그럼 누가 그러냐."

왠지 누나에게는 말하기 싫어서 입학이 확정되기 전까지 다른 사람에게 비밀로 부쳐 달라고 했다. 엄마는 내가 학업에 대한 부담 때문에 그런 모양이라고 생각한 것 같다. 그랬다면 당연히 누나에게 상담했을 거다.

"가끔 전화는 하는구나."

"한 달에 한 번 정도? 우리 여사님이 소식 없으면 집안 살림 죄다 걷어서 내려오시겠다는데 어떡하냐."

"엄마 속 썩이지 마."

"너나 썩이지 마. 내가 너 믿고 이러는 거 몰라? 듬직한 장남이 집에 있어 줘야지."

"아니 듬직한 걸로 따지면 지금 누나가 나보다 훨씬……."

말하는 도중에 누나의 흉악한 표정을 보고 입을 다문다. 살찐 걸로 놀리는 건 이제 그만해야겠다.

"처음 들었을 때는 의외라고 생각했는데, 가만 보면 교사도 어울릴 거 같긴 해."

잠시 후 누나가 말한다.

"근데 왜 갑자기 교사야? 적성에 맞을 거 같아서?"

"적성이라니."

나는 뒷머리를 쓸어내리며 멋쩍은 웃음을 짓는다.

"그냥 안정적이라서 고른 거야."

그리고 사업가나 의사만큼은 아니지만 체면이 서는 직업 중에 하나다. 엄마는 개인 사업으로 잘나가는 남편과 큰 병원에서 전공의 과정을 착착 밟고 있는 똑똑한 딸을 두고 있다는 걸 언제나 자랑스럽게 생각했다.

엄마가 눈치를 준 것도 아니고 괜한 압박감을 느꼈던 적도 없지만 나도 교사 정도면 나쁘지 않은 선택이라고 여겼다. 아마 별다른 문제 없이 수능을 봤으면 지금쯤 무난하게 합격 통보를 받았을 거라고 생각한다. 다 지나간 일이지만.

"현명하네."

누나는 아침에 먹다 남긴 고구마를 꺼내 씹으면서 이렇게 말한다.

"보통 네 나이 또래 애들은 직업에 환상을 품기 마련인데."

"환상?"

"방황하는 아이들을 인도하는 진정한 교사가 되고 싶다든지."

"그런 생각은 해 본 적 없어."

나는 솔직하게 대답한다. 누나는 물을 한 모금 마시고 잠시 숨을 돌렸다가 다시 말한다.

"난 좋은 의사가 되고 싶었어. 믿고 의지할 수 있는 의사. 피로에 찌들지 않고 누구에게나 최선을 다하는……, 왜 웃냐?"

"그냥. 누나가 그랬다니까 웃겨서."

"원래 어릴 때는 그런 거야, 새끼야. 네가 쓸데없이 늙은 거지."

나는 누나에게 그럼 왜 그만둔 거야? 좋은 의사가 아니었다고 생각해? 하고 묻지 않는다. 궁금하지 않은 건 아니지만, 왠지 지금은 그러고 싶지가 않다. 누나는 생각에 잠긴 표정으로 앉아 있다가 곧 자리를 털고 일어선다.

누나의 뒤를 따라 걸으며 나는 문득 내가 이곳에서 뭘 하고 있는 거지, 하는 허탈한 생각에 사로잡힌다. 단단하게 딛고 있던 땅이 걷잡을 수 없이 밑으로 푹 꺼지는 기분이다. 나는 길게 한숨을 쉰다. 앞서가던 누나가 "한숨 한 번 쉴 때마다 1년씩 늙는다. 의학적으로 증명됐어." 하고 말도 안 되는 소리를 한다.

"그럼 이제 내 나이가 누나보다 위니까 오빠라고 불러."

"할아버지."

"오냐."

"용돈 주세요."

가지런히 내미는 누나의 손바닥을 매정하게 내리친다.

아침에 일어나 숲에 파묻힌 덫을 골라내고 난 뒤에는 특별히 정해진 일과가 없었다. 가끔 인가에서 아프다는 사람이 올라오면 누나는 여기 올 시간에 병원이나 가라고 투덜거리면서도 마지못해 간단한 진찰을 해 줬다. 그러면 사람들은 한사코 사양하는 누나에게 고구마나 쌀 같은 걸 내던지다시피 하고 갔다. 찾아오는 사람이 없는 날에는 땔감을 주워 와서 장작을 패거나(정말로 장작을 팼다) 어딘가에서 가져온 책을 읽거나 혹은 묵묵히 앉아 산 아래의 풍경을 바라보거나 했다.

절을 쓸고 닦는 건 내 몫이었는데, 멍하니 앉아서 시간을 때우는 것보다는 뭐든 하는 게 나을 것 같아 내가 먼저 아무거나 시켜 달라고 나선 결과였다. 청소가 끝나면 혼자 절 주변을 돌아다니며 이런저런 고민으로 뇌를 혹사시켰다. 머리를 비우려고 해도 어쩔 수 없이 그렇게 됐다. 누나는 가끔 멧돼지가 돌아다니니 조심하라고 일렀지만 산책을 하며 내가 본 거라고는 추위에 떠는 청설모 몇 마리가 전부였다.

시간은 느리게 흘렀다. 반면에 하루는 이상할 정도로 빠르게 지났다. 정확히 열흘 뒤에 나는 엄마에게 전화를 걸었다. 도착한 다음 날 확인차 전화한 후로 처음 거는 안부 전화였다. 일찌감치 연락 수단을 정리한 누나는 절에도 전화기를 놓지 않아서 마을까지 30분이나 걸어서 내려가야 했다. 다행히 마을 구석에는 낡은 공중전화 박스가 두 대 있었다. 여기서조차 쓰는 사람이 거의 없어 보였다.

엄마는 물론 화를 냈지만 생각했던 것만큼 크게 화를 내지는 않았다. 엄마의 들뜬 목소리로 짐작해 보면 나의 시골 생활에 대한 걱정보다는 기대를 더 많이 하고 있는 게 분명했다.

"재밌게 잘 보내고 있어?"

엄마가 묻는다. 문명사회에서 누릴 수 있는 편리한 기기들의 부재와 더불어 이곳에서 가장 심각하게 결여되어 있는 것이 바로 재미였지만, 나는 누나의 말투를 빌려 와서 덤덤히 "그렇죠 뭐." 하고 대답한다.

"누나는 어때? 밥은 잘 챙겨 먹든?"

"잘 챙겨 먹죠. 돼지 됐던데요."

"누나한테 돼지가 뭐야. 절에서 나올 생각은 없대?"

그런 걸 물어본 적은 없지만 나는 대충 "그렇대요." 하고 대답한다.

"거기는 어떻게 하고?"

엄마가 묻는 거기가 큰아버지 내외가 살던 집이라는 걸 어렵지 않게 알아듣는다. 태어나기 전부터 비어 있던 데라 나는 한 번도 가 본 적이 없다.

"그냥 있대요. 들어와 사는 사람도 없고."

누나는 이곳에 와서 처음 얼마간은 거기서 지냈다. 부모님에게 상속받은 누나의 진짜 집이었다. 오랫동안 사람이 살지 않았어도 아빠가 틈틈이 들러서 관리했기 때문에 지내는 데는 별문제가 없었을 거다.

여덟 살까지 살던 집을 어떻게 느꼈는지 모르겠지만, 누나는 거기에 오래 있지 않았다. 산책 중에 발견한 절이 마음에 쏙 든다며 엄마의 만류에도 아랑곳하지 않고 거처를 옮겼다.

"그럼 반찬은 집으로 보낼 테니까 며칠 있다가 네가 들러서 받아."

"뭘 그렇게까지."

"너 먹으라고 보내는 거 아냐. 넌 어떻게, 진전은 좀 있니?"

엄마가 묻는 진전이라는 게 나의 거창한 신경성 유사난독증에 관한 물음이라는 건 뻔했다. 나는 괜히 불편해져서 텁텁한 혓바닥을 씹으며 잠자코 서 있다. 잠시 어색한 침묵이 지난 뒤에 엄마가 다시 말한다.

"너무 조급하게 여기지 말고, 천천히 쉬다가 와. 아빠랑 알아봤는데 여기서 조금만 나가면 체계적으로 봐주는 학원 있다더라. 3월부터 등록해서 다니면 될 거야."

나는 "그래요." 하고 의미도 없는 수긍을 하며 공중전화 박스 유리에 이마를 댄다. 3월부터, 라는 엄마의 말이 귓가에 남아 데굴데굴 구른다.

또렷한 엄마의 청사진과 달리 나는 아직도 어떻게 하면 좋을지 혼란스러웠다. 아무도 나에게 너는 앞으로 이렇게 해라, 하고 강요하지 않았다. 좋은 대학에 가서 임용고시를 보고 교사가 되겠다는 계획은 내가 세운 거다. 고등학교에 입학해서 수험생의 험난한 과정을 시작하기 전까지 나는 딱히 내가 어떤 길을 가고 싶다는 생각은 해 본 적이 없다. 앞으로 뭐가 되고 싶니? 모두가 이렇게 물었다. 저는 교사가 되려고요. 언제부터 이런 대답을 하고 다녔는지 기억이 나지 않는다.

"3월까지도 달라지는 게 없으면 어떡해요?"

적당한 인사와 함께 전화를 끊으려고 했는데 나도 모르게 말이 튀어나온다.

"계속 이대로라면, 아무것도 이해하지 못하는 상태로 남아 있으면 어떻게 해요?"

"그런 일은 없을 거야."

"그래도 그렇게 되면요."

의사도 제대로 장담하지 못한 일을 엄마에게 캐묻는 건 바보 같은 짓이다. 그러나 나는 멈추지 않고 계속 말한다. 늦가을부터 심장에 박혀 있던 얼어붙은 불안감이 수십 개의 파편으로 깨져서 한꺼번에 튀어나오는 것 같다. 엄마는 "너무 걱정하지 마." 하고, 본인조차 지키고 있지 못한 위로를 한다.

"죄송해요."

"네 잘못이 아니잖아."

"그래도요."

"조바심 갖지 마라. 너도 누나처럼, 시간이 필요한 것뿐이야."

다시 전화하겠다고 전한 뒤 수화기를 내려놓는다.

이틀 뒤 저녁, 누나와 나는 마을 잔치에 초대받아 아래로 내려왔다. 듣기로는 어느 집 딸이 국가고시에 통과한 기념으로 마련한 자리라는데 마을의 자랑거리! 어쩌고 하는 현수막이 회관 앞에 걸려 있을 뿐 도대체 무슨 고시에 통과했다는 건지 알 수가 없었다.

건물 안에 모인 사람은 대부분 나이가 든 노인이었고 누나와는 다들 안면이 있어서 그런지 나에게도 퍽 친근하게 대해 주었다. 누나는 나를 도시에서 잠시 쉬러 온 동생, 이라고 담백하게 소개했다.

"볼 것도 없는 마을인데 돌팔이가 또 약을 팔았네!"

마을 대표라며 악수를 청한 할아버지가 큰 소리로 말하자 다들 웃었다. "마을 대표면 이장님이세요?" 하고 물었더니 "그냥 돌아가며 한 번씩 하는 대표야. 이장은 무슨." 하며 손을 내젓는다.

커다란 방 안에 상이 길게 놓였고 그 위에 나물이며 국이며 하는 것들이 빈틈없이 올라가 있다. 누나와 나는 한쪽 구석에 앉아 약간 늦은 저녁밥을 먹기 시작한다. 여기저기서 떠드는 소리, 웃는 소리, 밥상에 뭘 떨구거나 술잔을 부딪치는 소리가 들려와서 정신이 하나도 없다.

분위기가 어느 정도 무르익자 마을 대표 할아버지가 일어서서 "자, 그럼. 오늘의 주인공께서 한 말씀 하시겠습니다. 앞으로 나오세요." 하고 손짓했다. 오늘의 주인공이라고 불린 아줌마는 수줍게 웃으며 몇 번 거절하다가 사람들의 성화에 못 이기는 척 할아버지 옆에 선다. 국가고시에 통과한 마을의 자랑거리가 아줌마의 딸이라는 걸 어렵지 않게 짐작할 수 있다.

"먼저 이렇게 좋은 자리 마련해 주시고 같이 기뻐해 주셔서 감사드립니다. 애 아빠가 아침에 도매시장 나가서 저 혼자 나왔네요."

아줌마가 머뭇거리며 운을 뗀다. 그러자 잠시 워, 하는 환호가 일었다. 누나는 언제나처럼 시큰둥한 표정으로 엉성하게 앉아 뭔가 다른 생각에 잠겨 있다. 초대받은 입장에서 나까지 그럴 수는 없으므로 이어지는 아줌마의 말에 귀를 기울인다.

"처음에 우리 애가 도시로 나가고 싶다고 할 때는 극구 말렸어요. 살던 데서 사는 게 제일이라고 생각했거든요. 저희도 그렇지만 우리 애가 여기 토박이라 다른 데 사정은 하나도 몰라요. 그런데 어떻게 그런 걸 알아 가지고 하겠다고 덤벼들었는지 지금도 신기하네요. 애 아빠랑 같이 야단도 많이 치고 그랬는데 막상 이렇게 잘되니까 조금 부끄럽고 또 장합니다."

그리고 박수, 박수. 나는 사람들과 같이 열렬히 손뼉을 부딪치면서도 여전히 아줌마의 딸이 무슨 고시에 통과했는지 모르고 있다는 생각을 했다. 혹시 여기에 있는 사람들도 모르는 게 아닐까. 누나에게 물었더니 "지난번에 들었는데 기억 안 나. 아무튼 무진장 어려운 거였어." 하고 대충 둘러댄다. 나는 작게 한숨을 쉬고 남은 밥을 마저 먹는다.

가끔 친척 어른들이 권하는 술을 한두 잔 받아 마신 적은 있지만 대놓고 술판을 오가며 한계에 이를 때까지 마셔 본 적은 없었다. 마을에서 직접 만들었다는 막걸리는 목에 걸리지 않고 부드럽게 넘어간다. 처음에는 망설이며 홀짝이다가 결국 나는 사람들이 쥐여 주는 사발을 마음 놓고 비워 나간다. 누나는 원래 술을 안 마셔서 일절 입에 대지 않았지만 그렇다고 딱히 이쪽을 제지하지도 않는다. 엄마가 봤으면 누나도 나도 주먹으로 두들겨 맞았을 거다. 이 자리에 없어서 천만다행이지.

"누나가 돌팔이라는 거 알지?"

여기저기 돌아다니며 사람들과 바쁘게 술을 주고받던 마을 대표 할아버지가 막걸리를 따라 주며 묻는다. 나는 멀찍이 떨어져서 꾸벅꾸벅 졸고 있는 누나를 보고 "좀 바보 같다는 건 알죠." 하고 대답한다. 할아버지는 과장된 웃음을 쏟아 내고는 나와 막걸리 사발을 부딪친다.

"재 아버지도 그랬어. 바보 같았지. 딸 자랑이 말도 못했거든. 아직 옹알이도 못하는 애한테 무슨 전집 같은 걸 사 와서 읽어 주고 그랬다니까. 앞으로 엄청난 일을 할 아이라면서."

나는 어떻게 대답하면 좋을지 몰라 그냥 쓴웃음을 지어 보인다. 우리 집에서는 큰아버지 내외에 대한 이야기를 별로 하지 않았다. 언제나 먹먹하고, 또 아득한 이야기다. 할아버지는 난처한 내 반응에도 아랑곳하지 않고 막걸리를 몇 모금 마신 뒤 말을 잇는다.

"우리야 저런 돌팔이라도 하나 끼고 살면 병원까지 멀리 안 나가고 돈 아껴서 좋지. 근데 그러면 안 되는 거야. 사람이 우스운게, 한번 적응하기 시작하면 거기가 자기 자리가 아니더라도 푹 주저앉고 싶어지거든. 그러니 늦기 전에 누나한테 자기 길 찾아서 떠나라고 전해 줘. 내가 그랬다고는 하지 말고."

할아버지는 내 어깨를 두드리고 다른 자리로 사라진다. 나는 묵묵히 앉아서 할아버지가 따라 준 막걸리를 마신다. 누나가 지루한 표정으로 눈을 떴다가 이쪽을 보고 갈래, 하고 입 모양으로 묻는다. 빈 사발을 내려놓으며 고개를 끄덕인다. 술을 너무 많이 마셔서 그런지 머리가 조금 어지럽다.

누나는 무엇 때문에 여기에 온 걸까. 새삼 그런 생각이 든다. 정신없이 앞만 보면서 달려가던 사람이 어느 날 갑자기 모든 걸 뒤로하고 도망치듯 떠날 만한 이유가 뭐가 있을까. 나로서는 짐작조차 불가능한 일이었다. 어쩌면 엄마 말대로 사람은 머리에 든 게 너무 많으면 가끔 그렇게 이해할 수 없는 짓을 할 때가 있는 건지도 모른다. 그러면 나는 왜 여기까지 왔을까. 머리에 든 게 너무 많은 것도 아닌데.

절을 향해 올라가면서 두 번 토했다. 땅바닥이 울렁거리며 치고 올라와서 멀미가 심하게 났고 제대로 걸을 수가 없었다. 길 한쪽에 몸을 굽히고 구역질을 할 때마다 누나는 "내가 너 그럴 줄 알았다." 하면서 즐거워했다. 받아치고 싶은 마음이 굴뚝같았지만 입을 여는 것조차 버거웠다.

30분 거리를 한 시간이나 지체하며 걷다가 결국 누나가 술이 좀 깰 때까지 쉬었다 가는 게 좋겠다며 멈추어 선다. 반대할 이유가 없었기 때문에 바로 그 말에 따르기로 한다.

멀리서 아직 끝나지 않은 마을 잔치의 소음이 흐리게 들려오고 있을 뿐 주위는 사진처럼 고요하다. 누나는 양팔을 부비면서 근처 나무에 기대어 앉는다. 막걸리의 뜨거운 기운이 아직 남아있어서 그런지 나는 그렇게 춥지 않다.

"새파랗게 어린 게 노인네들한테 주정이나 하고."

"그런 적 없거든."

"기억 안 나?"

나는 일부러 눈을 또렷하게 뜨고 누나를 쳐다본다.

"에이, 재미없는 새끼."

"그리고 내가 새파랗게 어리지는 않지."

"그럼 새파란 어른이냐?"

누나가 빙글거리며 대꾸한다. 나는 어쨌거나 법적으로는 어른이다, 하고 주장하려다가 왠지 우스운 기분이 들어서 그만둔다. 뭐라고 다른 대답을 하는 대신 누나의 옆에 드러눕는다. 까맣게 어두워진 하늘 위로 넘실거리며 지나가는 구름 떼가 보인다. 별이 하나도 보이지 않는 밤이다.

"다시 의사 하고 싶지 않아?"

아마 술김이었다고 생각하지만, 나도 모르게 이렇게 묻는다. 누나는 슬쩍 이쪽을 내려다보고 피식 웃었다. 싱겁기는, 하고 넘겨버리듯이. 그러나 잠시 후 누나는 제대로 된 대답을 한다.

"하고 싶지 않아."

"왜?"

"하고 싶지 않으니까."

"그건 이유가 아니잖아."

누나는 고개를 돌리고 멀리 허공을 바라본다. 마치 어딘가에 두고 온 물건이라도 생각난 사람처럼 아득한 시선이다. 나는 가만히 누워서 숨을 내쉰다. 뿜어내는 입김에는 막걸리의 비릿한 향이 섞여 있다.

"왜 거짓말했어?"

누나가 묻는다. 나는 입을 굳게 다물고 아무 말도 하지 않는다. 진심으로, 엄마가 이 자리에 없어서 다행이다. 누나가 다시 말한다.

"대답하고 싶지 않으면 하지 않아도 돼. 너도 나름의 생각이 있을 테니까. 그런 것까지 내가 참견할 수는 없지. 네 말대로, 너는 이제 어린애가 아니니까."

"그렇다고 어른도 아니지."

"너만 그런 게 아니야."

누나가 말한다. 나는 길게 한숨을 쉰다. 이걸로 또 1년 늙는구나, 하는 덜떨어진 생각을 하면서.

"잘 모르겠어. 다들 자기가 뭘 하고 싶은지 확실하게 알고 있는 것 같은데, 나만 시시하게 적당히 타협하며 사는 거 같아. 그런 기분 알아?"

나는 여전히 하늘을 보고 있다. 꾸물거리며 지나가는 구름 뒤로 하얗게 질린 달이 조금씩 모습을 드러낸다.

"갑자기 글이 하나도 이해가 되지 않았을 때, 사실 조금 기뻤어. 며칠 쉬면서 곰곰이 생각해 볼 시간이 필요했으니까. 근데 아무리 생각해도 답답한 게 풀리지 않더라고. 난독증은 조금씩 나아졌어. 근데 그것뿐이었지. 그 외에는 아무것도 나아지지 않았어."

그 외에는 아무것도 나아지지 않았다. 누구를 탓할 수도 없는 노릇이었다.

이제 어쩔 거니? 엄마가 물었다. 수능이 끝나고, 학교에서의 마지막 날마저 지나갔을 때 어떤 식으로든 결정을 내려야 한다는 건 알고 있었다. 그러나 나는 아무것도 하지 않았다. 놀이공원 안을 어정쩡하게 돌아다니다가 시간이 지나 버린 자유이용권을 손에 쥐고 있는 기분이었다. 사범대에 들어가는 것과 교사가 되고 싶어 하는 것은 전혀 다른 이야기다. 나는 간절하게 바라는 게 없었다. 그저 수업을 듣고, 시험을 치르고, 정신없이 지나왔을 뿐이다.

"그럴 때가 있는 거야."

누나가 말한다. 나는 "뭐가 그럴 때가 있어." 하고 투덜거린다. 그러자 누나가 다시 말한다.

"그냥 그럴 때가 있는 거야."

그리고 우리는 아무 말도 하지 않는다. 술판이 끝났는지 마을은 이제 잠잠하다. 누나와 나는 선명한 침묵 속에서 가만히 시간을 보낸다.

"아까 어떤 사람한테 들은 건데,"

잠시 후에 내가 입을 연다.

"누나보고 자기 길 찾아 떠나래. 여기서 인생 낭비하지 말고."

충분히 쉬었다고 생각했는지 누나는 엉덩이를 털고 자리에서 일어선다. 나도 누나를 따라서 몸을 일으킨다.

"인생 낭비하는 게 뭐가 어때서 그러냐."

걸어가며 누나가 말한다.

"덫 해체하고 장작 주워다 패고 가끔 사람들 보고 하는 게 얼마나 재밌는데. 앞으로 2, 3년은 더 이렇게 낭비하며 살 거야."

"그러고 나면?"

"그러고 나면? 글쎄. 엄마한테 가 봐야 하지 않을까."

나는 누나가 말하는 엄마가 돌아가신 큰어머니를 뜻하는 게 아니라는 걸 안다. 아마 아주 오래전부터 그랬을 거다.

누나는 더 말하지 않고 손전등으로 길바닥을 비추며 천천히 걷는다. 나는 따로 손전등을 챙겨 오지 않았기 때문에 누나의 옆에 붙는다. 멀리 어둠 속에 있는 절이 보인다. 구름의 틈을 비집고 나온 달빛이 희미하게 건물의 윤곽을 비춘다.

"하나만 물어봐도 돼?"

"뭐."

"절이 영어로 뭔지 솔직히 모르지?"

"아 씨발 끈질긴 새끼."

누나와 나는 대수롭지 않은 주제로 싸우면서 걸어간다. 그러자 심각한 모든 것들이 전혀 심각하지 않게 느껴졌다. 바보 같은 밤이었다.

이 선 주 … 여름 캠프의 밤

1.

코로나19가 처음 시작될 때만 해도 코로나19 때문에 졸업식을 못 할 거라고는 생각하지 못했다. 감염자가 한 명 두 명 늘더니 중국이나 한국뿐만 아니라 미국, 유럽까지 대규모 감염이 진행됐고 뉴스에서는 인류의 3분의 1이 사망한 스페인독감에 버금가는 팬데믹이라고 했다.

뭐랄까.

미래 세계에 와 있는 듯한 기분이었다. 견고해 보이던 세계에 조금씩 균열이 가는 모습을 실시간으로 지켜봤다. 예전부터 가 있던 금을 이제야 발견한 걸지도 몰랐다.

버스에서 내리자마자 사람이 없는 걸 확인하고 마스크를 벗었다. 찬 공기가 들어오자 숨 쉬는 게 조금 편해졌지만, 답답한 마음은 사라지지 않았다.

중학교 졸업식을 하지 못한다고 해서 서운한 마음은 전혀 없었다. 졸업식을 하든 말든 무슨 상관이라고. 담임이 이렇게 헤어질 수는 없다며 잠깐이라도 얼굴을 보자고 했을 때도 당연히 가지 않으려고 했다. 졸업을 앞둔 중3에게 담임의 말이란 아파트 경비

실의 안내 방송과 같았다. 어떤 강제성도 없었다.

그런데 그냥 갔다. 가고 싶지도 않지만 가지 않고 싶지도 않아서. 그러니까 이런 거다. 이번 주 금요일 오후 두 시 사창동 롯데리아, 라고 머릿속에 입력시켜 놓은 후에는 그 약속을 꼭 지킬 필요가 없다는 걸 알아도 한 시부터 몸이 저절로 움직이는.

롯데리아에 들어서자 기대했던 따뜻한 공기가 아니라 미지근한 공기가 얼굴에 닿았다.

"히터가 고장이라네. 안쪽 히터는 괜찮은데 입구 쪽 히터가."

담임이 인사도 하기 전에 말했다.

나는 마스크를 쓴 채 안녕하세요, 라고 인사하고 안쪽으로 갔다. 먼저 온 아이들은 안쪽에 자리했다. 나에게 굳이 인사하는 애들은 없었다. 왕따는 아니지만 친구는 없다. 오는 순서대로 안쪽으로 앉았더니 얼마 지나지 않아 끝자리만 남았다. 인기가 많거나 공부를 잘하거나 소위 잘나가는 아이들에겐 누군가 자리를 비켜 주거나 빈 공간에 의자를 놓아 줬다. 그러다 보니 먼저 왔더라도 친구가 없거나 자기 목소리를 잘 내지 않는 아이들은 슬그머니 밖으로 밀려났다.

와중에 나에게는 아무도 비켜 달라는 말을 하지 않았다.

나는 입구에 앉아 손을 호호 부는 아이들을 바라보다 늦게 왔는데도 히터 근처에 자리 잡은 아이들에게 시선을 돌렸다. 표정에 변화가 없었다. 그것이 반칙이나 불공정한 일이라고는 상상조차 하지 못하는 듯했다. 뉴스에 나오는 사회 지도층의 특혜와는 전혀 별개라 여기는 게 분명했다. 그들과 조금 떨어진 자리에는 따뜻한 곳에서 밀려난 아이들이 앉아 있었다. 누군가는 굴욕을 감내하는 세계였다. 그리고 누군가에게는 굴욕을 감내할 자리조차 주어지지 않는다.

"안 온 애도 있네."

누군가의 말이 귓가에 울렸다. 안 올 줄 알았어, 하는 소리가 어디선가 들려왔고 누구? 누굴 말하는 거야? 하는 소리도 들렸다. 안 올 줄 알았다는 평가를 듣는 동시에, 오지 않아도 오지 않았는지 모를 정도로 존재감이 미미한 아이. 요의와 함께 통증이 느껴져서 배를 손으로 쓸었다.

"안 올 줄 알았는데."

뒤늦게 온 문정이 나를 향해 말했다.

"왜?"

문정이 어깨를 으쓱하고는 친구들이 맡아 놓은 자리에 앉았다. 재수 없어. 나는 속으로 생각했다. 문정이 자리에 앉더니 나를 향해 "이제 못 보겠네."라고 했다.

같은 고등학교에 간다고 해도 여태까지 그랬던 것처럼 서로를 없는 사람 취급할 게 뻔한데 저런 말을 하는 이유를 모르겠다. 그저 입을 쉬게 하고 싶지 않아서겠지.

"마스크를 턱에 걸치면 쓰는 이유가 없잖아."

내 말에 문정은 마스크를 코까지 쓱 올렸다.

더 이상 롯데리아의 문은 열리지 않았다. 문밖으로 언뜻 멀어지는 뒷모습이 보였다. 구부정한 어깨와 걸음걸이가 눈에 들어왔다. 내가 아는 뒷모습이던가?

나는 새우버거의 포장지를 벗겼다. 새우버거를 한 입 깨물고 콜라를 마셨다. 햄버거 빵이 콜라에 저절로 녹았다. 나는 그게 재밌어 새우버거를 한 입 깨물고 씹지 않은 채 콜라를 마시기를 반복했다. 그걸 몇 번 하고 나니 언제나 그렇듯 나만 빼고 다들 무리 지어 놀고 있었다.

저렇게 놀다가도 집에 가는 길에 다른 애들과 팔짱을 끼고 좀 전까지 같이 놀던 애들을 씹을 것이다. 그런 행동에 어떤 악의가 있는 건 아니다. 그들은 뭐랄까, 인생이 무척 지루할 뿐이다. 세상에는 우정이나 사랑 따위가 존재한다고 믿는 사람들도 있겠지만, 나는 내가 그런 사람이 되는 게 싫다. 나는 언제까지고 우정도 사랑도 믿고 싶지 않다. 내가 믿는 건 힘, 그것뿐이다.

2.

여름방학을 앞두고 원하는 학생들을 대상으로 1박 2일 극기 캠프 참가 신청을 받았다. 원하는 애들 대상이라고는 하지만 단기 유학이나 다른 프로그램을 미리 준비해 둔 애들 빼고는 다들 신청했다. 나는 신청하지 않았다. 담임이 나를 불렀다. 신청하지 않은 이유에 대해 물었고, 그냥이라고 했다.

"다 같이 조를 짜서 생활하는 건데 너만 빠지면 어떡하니."

분명 선택이라고 했으면서 빠진다고 하니 죄책감을 심어 준다. 죄책감 심어 주기는 강자가 약자에게 자신의 선택을 강요할 때 사용하는 방식 중의 하나이다. 나는 그걸 알면서도 고개를 젓지 못했다.

아무 대답도 하지 않음으로써 나는 캠프에 참여하게 됐다.

극기라니……. 들리는 소문에 의하면 재작년에는 해병대 캠프였다고 한다. 나는 이런 게 정말 싫다. 정신력을 기른다는 일체의 모든 행위들 말이다. 인생 자체가 숨을 참고 견디지 않으면 극복할 수 없는 거대한 산 같은데, 왜 굳이 체험하겠다고 난리인지 모르겠다. 극기 캠프를 무사히 마치고 나면 인생의 어떤 문제가 해결될까? 나는 이런 걸 기획하는 어른들에게 말하고 싶었다.

인생이 그렇게 우스워요?

고통이 그렇게 간단해요?

그때까지 나는 아이들이 일부러 툭 치고 지나가도 속으로만 씨발, 이라고 욕할 만큼 조용한 아이였다. 나는 나를 적대시하는 아이들을 어떻게 해야 할지 도무지 알지 못했다. 어떤 아이들은 나의 존재 자체를 부정했다. 자신들과 다르다는 이유로 없는 사람 취급을 하거나, 으르렁대거나, 불쌍히 여겼다.

초등학교에 입학했을 때만 해도 괜찮았다. 그곳엔 나 같은 아이들이 몇몇 있었다. 그러나 중학교 1학년 때 전학을 오면서부터 달라졌다. 이곳엔 나와 비슷한 아이들이 없었다. 아니다. 나 같은 아이가 한 명 있었는데, 아이들은 그 아이를 선망했다.

나는 그걸 보면서, 아이들은 다름을 두 가지로 받아들인다는 걸 깨달았다.

틀리거나 옳거나.

그 아이들 눈에 나는 틀린 애였고, 또 다른 아이는 옳은 아이였다. 한번 틀린 애로 결정되고 나면 옳은 애가 되기란 여간해서 쉽지 않다.

차라리 다시 태어나는 게 빠를 거다.

어쨌든 나는 캠프에 참여했고, 여느 때처럼 아이들이 툭 치고 지나가면 속으로는 온갖 욕을 다 하면서도 고개를 숙인 채 아무 일도 일어나지 않은 양 행동했다. 없는 사람처럼 지내기. 그때까지 내가 고수하던 생존 방법이었다.

캠프 조는 이미 정해져 있었다. 나는 문정을 포함한 세 명과 같은 조였다. 나까지 포함하면 총 네 명이었다. 조끼리 해야 하는 미션이 많았다. 땀이 비 오듯 주룩주룩 흘렀고, 나는 할 수 있다, 같은 구호를 외치며 어깨동무한 채 앉았다 일어섰다를 반복했다. 저녁에는 미리 쳐 놓은 텐트에서 나와 뒷산에 올라야 했다.

한여름이라 해가 길었다. 뒷산에 오르는 동안 뉘엿뉘엿 해가 졌고, 동시에 교관들이 사라졌다. 나는 무섭지 않았다. 교관이나 선생들이 사랑으로 우릴 지켜 줄 거란 믿음 때문이 아니라, 이런 곳에서 안전사고가 일어나면 어떻게 되는지 알고 있어서다. 교관들은 안전사고를 내지 않기 위해, 직업을 지키기 위해, 손해배상을 하지 않기 위해 우리를 지켜 줄 것이다.

나는 이런 책임감이 좋다. 사랑이 아니라 의무에 의해 행해지는 행동들 말이다.

산 정상에 올라 그곳에 있는 무전기로 교관에게 연락하면 되는 코스였다. 이걸 통과함으로써 뭘 극복하게 되는 건지는 알 수 없었다. 공포? 귀신? 어쨌든 나는 걸었다. 가다 보니 문정과 애들이 없었다.

차라리 잘됐다 싶었다. 무서워해야 할 건 귀신이 아니다. 귀신은 절벽에 서 있는 나를 떠밀 수 없지만, 아이들은 나를 떠밀 수 있다. 나를 위험에 빠뜨릴 애들이 없으니 혼자서 정상까지 올라가면 될 것 같았다. 나는 혼자 걸어갔다.

뒤에서 사부작사부작 소리가 들려왔다. 애들이 따라오는 소리였다. 정상으로 가는 길은 하나였고 친절하게도 어디로 가야 하는지 방향 표시가 되어 있었다. 길을 잃으려야 잃을 수 없는 구조였다. 여기로 가시오, 하는 표지판을 따라가다 보면 정상이 나오고, 정상에 올라 무전을 하면 당신은 극기하셨습니다, 라고 말해주는, 너무나도 대한민국스러운 코스였다.

"야, 쟤 혼자 간다."

문정의 목소리였다.

"나는 재가 저래서 싫어. 무섭다고, 같이 가 달라고 소리라도 질러야 하는 거 아니야? 재는 사람이 아니라 AI 같아."

"나 재 때문에 없던 편견도 생길 정도라니까."

"나도 나도. 그쪽 애들은 다 그런가."

'없던 편견'이라니. 문정이 여태껏 했던 말 중에 가장 웃긴 말이었다. 그들은 있던 편견을 어떻게든 합리화시키고 싶을 뿐이었다.

"난 절대 재가 그래서 싫은 건 아니야."

문정을 졸졸졸 쫓아다니는, 그래서 단짝이라기보다는 졸개처럼 보이는 윤주가 말했다.

"나도. 나도 그런 사람 아니야."

그들의 말을 종합해 보면 이렇다.

그들은 차별주의자가 아니다. 그들이 나를 싫어하고 배척하는 건, 내가 그래서가 아니라 이래서다. 그러니 만약 내가 이러지 않았다면, 그들은 나를 배척하지 않았을 것이다.

그런데 그 말이 사실이라면 어째서 그들은 내가 이렇다는 걸 알기도 전에, 내 존재 자체에 거부반응을 보였을까.

그러니까 그건 개소리였다.

나는 개소리를 들으며 정상까지 갔다. 내가 무전기를 들자, 문정을 포함한 애들이 얼굴을 내밀었다. 우리는 무사히 미션을 수행했다. 극기한 것이다. 무엇에 대한 극기인지는 몰랐지만 어쨌든.

간이 샤워실에서 대충 씻고 텐트 안으로 들어왔다.

텐트는 조잡했다. 네 명이 다 들어서자 좁았다. 한여름이라 공기는 후덥지근했지만 바람이 불 때는 땀이 마르면서 살짝 한기가 돌기도 했다. 거기다 모기까지 윙윙 소리를 내며 날아다녔다. 모기향을 아무리 피워 놔도 캠프 안에서 모기에게 물리지 않을 도리는 없었다.

나는 텐트 입구와 가장 멀리 떨어진 곳에 누웠다.

다른 애들은 바르면 물리지 않는다는 연고를 서로 발라 주었다. 나도 그런 사람 아니야. 그 말이 문득 떠올랐다. 차별을 하면서 차별주의자가 아니라고 하는 아이들. 자신이 누군가를 차별하는 데엔 '그럴 만한' 이유가 있다고 말하는 아이들. 기어코 그 이유를 만들어 내는 아이들.

그런 생각을 하자 모든 게 지긋지긋해졌다.

이곳에 살면서는 절대로 이 문제에서 해방될 수 없을 거라는 절망을 느꼈다. 그렇다면 나는 어디로 가야 할까. 세상에 나를 나로 봐 줄 곳이 한 곳이라도 있을까? 눈을 감았다. 눈물이 고였는지도 몰랐는데 옆으로 흘러내렸다.

"자?"

문정이 나를 툭 쳤다. 나는 내가 운다는 사실을 들키고 싶지 않아서 모르는 척했다.

"자리 좀 바꿔 줘."

나는 그대로 꼼짝하지 않았다.

"네가 입구에서 자면 안 돼?"

참 노골적이다.

입구에서 자는 건 상관없었다. 입구에서 자나 가운데서 자나, 안쪽에서 자나 다 불편했다. 그러나 눈물은 절대 보이고 싶지 않았다. 아이들이 나를 툭 치고 지나가도, 아이들이 나를 향해 뒷말을 해도, 아이들이 내 엄마의 국적을 들먹여도, 아이들이 들리게 욕을 해도 나는 절대 반응하지 않았다. AI라는 별명은 그래서 생긴 거였다. 나는 그 별명이 내심 좋았다.

자비를 구걸하고 싶지 않았다. 그런 내가 애들 앞에서 눈물을 흘린다고?

"치사하다, 치사해. 그거 바꿔 주는 게 그렇게 힘드냐?"

치사하다니……. 내가 먼저 차지한 자리인데. 자리를 바꿔 주면 고마운 거고 안 바꿔 줘도 어쩔 수 없는 거다. 배려를 요구해 놓고 그걸 거부하면 나쁜 사람으로 만드는 뻔뻔스러운 수법이었다.

"얘 자나 봐."

문정이 애들을 향해 말했고 누군가 "그럼 굴리자."라고 말했다.

팔짱을 낀 채 옆으로 누워 있는 날 밀어서 입구로 보내 버리자는 거였다. 데굴데굴 굴려지는 내 모습을 상상하는 것만으로도 얼굴이 붉어졌다. 나는 공이 아니다.

"오, 그럴까?"

문정이 호응했다. 아이들이 내 옆으로 왔다. 나는 필사적인 마음이었다. 그때 텐트 폴이 눈에 들어왔다. 텐트를 칠 때 중심을 세우는 지지대였다.

"밀까?"

문정이 말을 내뱉는 동시에 나는 폴을 잡았다. 애들이 나를 밀려다 "뭐야, 안 자잖아."라고 말했다.

"얘 웃긴다. 자면서 안 자는 척."

"진짜 황당하다. 싫으면 싫다고 하면 되지, 자는 척이 뭐야."

문정이 투덜거렸다.

싫으면 싫다고 하면 되지, 라는 말이 송곳처럼 박혔다. 내가 만약 옮기기 싫다고 했으면 어떤 일이 펼쳐졌을까? 아, 그래? 알았어, 하고 말았을까? 나는 안다. 내가 만약 싫다고 말했다면 분명 그들은 이렇게 말했을 것이다.

— 진짜 치사하다. 그거 옮겨 주는 게 뭐가 그렇게 힘들다고.

모든 원인은 차별하는 사람이 아닌 차별당하는 사람에게 있다고 믿는 사고방식이라면, 부탁을 한 사람과 부탁을 들어주지 않은 사람 중에 부탁을 들어주지 않는 사람을 더 비난할 거라는 건 자연스레 추측이 가능하다.

"그냥 밀자."

문정이 말했다.

나는 폴을 잡고 버텼고 애들은 나를 밀기 위해 내 다리와 어깨를 잡았다. 버텨야 해. 만약 버티지 못하면 죽어 버릴 거야. 나는 그때 그런 생각을 했던 것 같다. 아이들의 손에 의해 데굴데굴 굴려져 모기에 가장 잘 물릴 수밖에 없는 입구로 간다는 건 사망 선고 같은 거라고. 인생 최대의 굴욕이라고. 내가 아무리 AI라도 그런 꼴을 당할 수는 없다고. AI는 모기에 물리지 않지만, 나는 사람이라 모기에 물릴 거라고.

사람. 그래, 나는 사람이었다.

존엄 같은 건 바라지도 않지만 나도 사람이라는 걸 알 필요가 있었다. 아이들이 아니라 나 스스로가.

"얘 뭐야. 절대 안 움직여."

윤주가 말했다.

"더, 더, 더."

문정이 이어 말했다.

"하나, 둘, 셋 하면 밀자. 하나, 둘, 셋!"

그때였다.

텐트가 홀라당 넘어간 게.

나는 나의 존재를 지키기 위해 힘을 줬고, 아이들은 나를 치우기 위해 힘을 줬다. 내가 더 필사적이었다. 왜냐하면 나는 모든 걸 걸었기 때문이다. 덕분에 공처럼 굴러 텐트 입구까지 가는 건 막았지만, 안쪽 텐트 폴이 뽑혀 버렸다.

아아악, 어프프, 파아아 소리는 났지만 우당탕탕 같은 소리는 나지 않았다.

"아, 뭐야!"

소란이 이어졌고, 그 순간에도 나는 폴을 손에서 놓지 않았다.

담당 교관이 와서 경위를 물었다.

"얘가 갑자기."

문정이 교관에게 말했다.

"갑자기 뭐?"

"그러니까 얘가 갑자기 그냥 혼자 그랬어요."

교관이 나를 바라봤다. 이미 눈물은 말라 있었고 나는 작은 승리감에 도취되어 있었다. 스스로의 힘으로 나를 지켰다는 데서 오는 자부심이었다. 나는 기뻤다. 순수한 기쁨이었다.

나는 문정을 똑바로 쳐다보며 말했다.

"거짓말."

"뭐라고?"

교관은 학교 폭력 문제라고 생각한 듯했다. 극기 캠프답게, 교관은 이 문제도 극복할 수 있다고 믿었다. 무엇으로? 건강한 육체로!

우리는 그날 밤, 제자리뛰기를 했다.

문정이 픽 하고 쓰러졌고 이어 다른 아이들이 다 쓰러질 때까지 나는 쓰러지지 않았다. 존재하지 않는 척하는 것에 비하면 제자리뛰기는 너무 쉬웠다. 하나 하고 양팔을 벌리고, 둘 하고 양팔을 하늘 위로 뻗고, 동시에 다리를 양옆으로 찢는 행동은 경쾌했다. 통통 뛰는 동안, 얼굴이 붉게 달아오르는 동안, 힘들어서 심장이 터질 것 같은 동안, 그래서 헛구역질이 나오는 동안에는 내가 존재하는 사람 같았다. 살아 있는 것 같았다.

교관이 그만하라고 말릴 때까지 나는 제자리뛰기를 멈추지 않았다.

제자리뛰기가 끝나고 교관이 다시 설치해 놓은 텐트에 들어갔다. 나는 그날 밤, 입구에서 가장 멀리 떨어진 안쪽에서 잘 수 있었다. 문정도 윤주도 비켜 달라고 하지 않았다. 그들은 눈치챈 것이다.

내가 진짜 존재하는 사람이라서, 함부로 치워 버릴 수 없다는 걸 말이다.

3.

변기에 앉자 참았던 오줌이 요이 땅, 신호를 받은 것처럼 흘러나왔다. 쌀 것 같은 고통이 아니었다면 화장실에 오지 않았을 것이다. 내 자리는 어떻게 됐을까.

화장실을 나왔다. 히터 바로 아래 있던 내 자리, 내 의자가 빈 채로 있었다. 의자에 앉으려는데 문정과 눈이 마주쳤다. 문정의 눈빛을 보는 순간, 역시나 싶었다. 애들은 거기가 내 자리라는 걸 받아들이고 있었다.

"다 왔으면 좋았겠지만……. 그래도 얼굴 봐서 좋다. 다들 와줘서 고마워."

고개를 돌리다 눈썹을 위로 올리는 담임과 눈이 마주쳤다. 담임이 나를 향해 어색하게 웃으며 고개를 끄덕였다. 너도 그렇지? 하는 듯한 표정이었다. 나도 그런가? 나는 스스로에게 물었다. 잘 모르겠다는 생각이 들었다.

이어 담임은 우리를 진심으로 아끼며 헤어지더라도 언제까지고 기억하겠다고 했다. 나는 담임의 말이 진심이라는 걸, 그러니까 담임 스스로 진심이라고 여기며 말했다는 걸 안다. 그렇다고 그 말이 사실인 건 아니지만.

담임은 곧 우리보다 더 지랄맞은 애들 때문에 골머리를 앓을 테고 그때쯤이면 회상에 잠길 수도 있겠지만, 그건 우리를 기억하는 게 아니다. 현실을 견디기 위해 그리움을 이용하는 것일 뿐이다. 나는 담임에게 목례를 하고 롯데리아를 나섰다.

"잠깐만."

5분쯤 걸었을까? 누가 나를 불렀다. 고개를 돌리니 문정이었다. 문정이 나를 향해 빠르게 걸어오고 있었다.

"마스크 좀 제발."

문정은 또 마스크를 턱에 걸치고 있었다.

"너 어느 고등학교 가?"

마스크를 고쳐 쓰며 문정이 물었다.

"알면서 왜 물어?"

"그냥."

문정은 내 주변을 빙그르르 돌았다.

"나 편견 같은 거 없어. 너한테."

"나도 너한테 편견 없어."

"뭐?"

"그러니까, 그런 말을 하는 게 웃기다는 거야."

굳이 나를 따라와 이런 말을 하는 이유는, 편견이 있지만 편견이 있는 사람으로 보이기 싫어서일 것이다. 나는 문정이 나쁜 사람이라고 생각하지 않는다. 다만 자신의 나쁜 점에 대해 조금도 인정할 용기가 없는 나약한 사람일 뿐이다. 그리고 나는 이런 일에 관해 의지가 강한 사람보다는 나약한 사람이 그나마 낫다는 것도 안다.

"싸우려고 온 거 아니야."

"그럼?"

"잘 지내라고."

문정이 내 등을 툭 쳤다.

문정은 나를 어떤 애로 기억할까. 나로 인해, 나 같은 애를 보는 시선에 변화가 생겼을까. 그것까지 바라는 건 무리겠지. 그래도 하나는 알았을 것이다. 존재라는 건 지우고 싶다고 지워지는 게 아니라는 걸. 그날 밤, 아이들은 나를 치워 버리려고 했지만 실패했다. 그리고 그 실패는 나와 아이들 사이에 변화를 일으켰다.

캠프 이튿날부터 아주 미묘한 변화가 시작됐다. 변화가 어디서부터 왔는지는 모르겠다. 나의 마음으로부터? 아니면 아이들의 시선으로부터?

텐트를 정리하고 있는데 문정이 나를 툭 쳤다. 뭐가 웃긴지 손뼉을 치며 웃다가 내가 뒤에 있는 줄도 모르고 팔을 크게 흔든 것이다. 나는 그 상황을 보고 있었기 때문에 일부러 그런 게 아니란 걸 알고 있었다. 그러나 아픈 건 아픈 거여서 미간을 찌푸리고 어깨를 털었다. 그때였다. 문정이 아이들도 놀랄 정도로 큰 소리로 말했다.

"몰랐어. 정말이야. 정말 몰랐어."

두 손을 앞으로 내밀고 흔들기까지 했다.

문정의 얼굴에서 땀이 주르륵 흘러내렸다. 문정은 당황하고 있었다.

문정과 아이들이 나를 툭 치고 지나가는 건 별스러운 일이 아니었다. 뭐랄까. 일부러 치기도 하고 무의식 중에 치기도 하고 정말 실수로 칠 때도 있었다. 아이들은 나를 치면서 나의 존재를 지우는 대신 자신들의 존재를 드러냈다. 일종의 유행 같은 거였다.

유행에는 선과 악, 옳음과 틀림이 존재하지 않는다. 왜냐하면 다수가 하기 때문이다. 민주주의는 독재보다 옳다고 배웠지만 소수자들에게 민주주의는 가끔씩 독재와 다름없이 느껴지기도 한다.

어쨌거나 나는 문정의 적극적인 항변을 보면서 깨달았다.

아, 문정은 나를 두려워하고 있구나.

두려움의 크기는 상관없었다. 그 두려움을 나에게 내보인 게 중요했다. 나는 죽을힘을 다해 버텼던 어젯밤을 떠올렸다. 문정을 포함한 애들도 최선을 다해서 힘을 주었다. 양쪽의 힘이 팽팽하게 부딪쳤고 끝내 내가 승리했다. 세상은 모르는 전투였지만 문정과 나 사이에 실재한 전투였다. 기억을 지울 수는 없는 법이다. 존재하는 사람의 존재를 지울 수 없는 것처럼…….

나는 괜찮다고 하지 않았다.

그리고 문정을 똑바로 쳐다봤다.

이후 2학기가 끝날 때까지 내 어깨를 치는 애들은 있었지만, 사과하지 않은 애들은 없었다. 나는 조금씩 목소리를 내기 시작했다.

얼마 뒤 수업 시간에 국어가 조별 과제를 내 줬다. 다들 네댓 명씩 조를 만들었는데, 몇몇 조가 없는 아이들이 있었다. 나도 그중 하나였다. 예전 같았으면 혼자 우물쭈물하다가 과제를 못 하거나 선생님이 억지로 아무 조에나 넣어 줬을 것이다. 나는 조원이 네 명인 조에 가서 말했다.

"나도 껴 줘."

그것도 아주 큰 소리로.

때문에 아이들의 이목이 집중됐다. 싫어, 라고 거절을 하면 반 애들이 알게 될 터였다. 아이들은 나를 차별한다는 사실은 들키고 싶어 하지 않았다. 타인뿐만 아니라 자기 스스로에게도.

물론 세상에는 누군가를 차별하는 자신을 그대로 드러내는 사람들도 있다. 그리고 그런 사람들에게도 나름의 이유는 있다. 저는 모든 흑인을 싫어하지 않아요. 다만 저런 행동을 하는 흑인이 싫을 뿐이에요.

내가 뉴스에서 실제로 본 말이다.

나는 그 인터뷰를 보면서 생각했다. '저런 행동'이란 어떻게든 찾아진다는 걸. 숨만 쉬어도 이유란 생겨나기 마련이었다.

아이들이 싫다고 대답하지 않았으므로 나는 자연스럽게 조원이 됐다.

나는 내가 이곳에 있다는 걸 아이들에게 자꾸 상기시켰다. 아이들은 내가 있을 뿐만 아니라 이유 없이 건드렸다가는 귀찮아진다는 걸 깨달았다. 그리고 나는 아이들이 이 사실을 잊을까 봐, 종종 나의 존재를 상기시켰다.

건드리면, 가만히 있지 않는다.

여름 캠프의 밤 이후 내 삶의 모토가 된 말이다.

4.

문정과 헤어지고 버스 정류장으로 향했다. 정류장은 어디론가 가려는 사람들로 북적였지만, 시국이 시국인지라 다들 조금씩 거리를 두고 서 있었다. 버스에 타자 뜨거운 히터 바람이 훅 끼쳤다. 숨이 턱턱 막히고 안경에 김이 서렸다.

손잡이를 잡고 서 있는데 허리를 받치고 올라탄 임산부가 자리를 잡지 못해 두리번거리며 서 있었다. 버스가 급하게 출발하자 임산부의 몸이 휘청거렸다. 교통약자석에는 이미 누군가가 앉아 있었다.

여름 캠프의 밤이 떠올랐다. 나는 그날 내 자리를 지키기 위해 모든 걸 걸었다. 임산부도 그래야 한다. 스스로 나서야 한다. 누가 날 대신 지켜 주지 않는다. 그러나 임산부는 체념한 표정이었다. 나는 교통약자석에 앉아 있는 사람을 물끄러미 쳐다봤다. 그는 자신의 주변에 어떤 일이 일어나는지 도무지 모르는 것 같았다. 아님 모르는 척하는 것인지도. 답답했다. 왜 자신의 자리를 쟁취하지 않을까? 바보처럼 멀뚱멀뚱 앞만 쳐다보면 누가 자리를, 어, 양보를, 어?

"여기 앉으세요."

뒷자리에 앉아 있던 다른 사람이 벌떡 일어섰다. 임산부가 살짝 목례를 하고는 자리에 앉았다. 휴 하는 낮은 한숨 소리가 들렸다. 주위를 돌아보니 다들 안도하는 눈빛이었다.

당황스러웠다. 세상은 가끔 생각과는 다른 방식으로 작동한다.

나는 버스가 정차하자마자 어느 정류장인지도 확인하지 않은 채 내렸다.

우선 이곳이 어딘지를 파악해야 했다. 나는 주위를 두리번거렸다.

그 아이도 그날 조를 짜지 못해 주위를 살폈다. 아이는 눈알을 굴리며 자신의 자리를 찾다가, 나와 눈이 마주쳤다. 그 순간 나는 다른 애들을 향해 외쳤다.

"나도 껴 줘."

나는 '조가 없는 애들' 무리에 남고 싶지 않았다. 자신의 자리를 찾지도, 지키지도 못하는 아이들 틈으로, 다시 돌아갈 수는 없었다.

선생님이 다들 조 짰지? 라고 물었을 때 그 애는 배가 아파서 보건실에 가 보겠다고 했다. 선생님은 그 애가 조를 짜지 못했다는 걸 아는지 모르는지, 순순히 그러라고 했다. 그 애는 조별 학습이 끝날 때까지 교실에 돌아오지 않았다.

그때 내가 달리 어떻게 행동할 수 있었을까? 조가 없는 애들을 모아 새로운 조를 만들기라도 해야 했을까. 내가 조를 만든다고 애들이 모였을까. 지난 여름 캠프의 밤 이후, 건드리면 가만있지 않는다는 삶의 모토를 견지하고 살았다. 선명한 세계였다.

화장실에 다녀온 후에도 내 자리가 남아 있는 걸 확인했을 때부터였다. 아니, 롯데리아에 들어오려다 그냥 돌아가던 그 애의 뒷모습을 봤을 때부터였는지 모르겠다. 아니, 조를 짜지 못해 도망치듯 교실을 나가는 그 애의 뒷모습을 봤을 때부터였을 것이다.

나는 알 것 같기도, 모를 것 같기도 한 기분에 휩싸여 있었다.

찬 바람 때문에 손과 발이 꽁꽁 언 와중에 마스크가 들썩이며 안경에 김이 서렸다가 사라지기를 반복했다.

주위를 계속 살피니, 내가 어디 서 있는지는 알 것 같았다. 천천히 걸음을 옮겼다.

전 수 경 … 내성 발톱 투쟁기

"이순신은 임진왜란에서 왜군과 싸울 때마다 대승을 했다. 한나라 유방은 초나라 항우와 4년간에 걸쳐 싸운 후에 중국을 두 번째로 통일했고. 몽골의 칭기즈칸은 몽골과 시베리아 지역의 유목민 부족들과 싸워서 몽골제국을 세운 후 금나라 수도까지 점령했지. 로마제국의 옥타비아누스는 악티움 해전에서 안토니우스와 싸우고 로마의 초대 황제 자리에 올랐다."

내가 초등학생이었을 때 당시 군인이었던 아빠는 밥상머리에서 싸움 이야기를 자주 했다.

"인생은 말이야, 한마디로 싸움이다. 전쟁이란 말이지. 너도 제대로 싸우며 살아야 한다."

마무리는 늘 이랬던 것 같다.

괜찮은 싸움, 근사한 인생을 꿈꿨다. 하지만 오랜 시간 내 싸움의 상대는 발톱이었다. 나도 겨우 내 발톱과 싸우고 싶지는 않았다. 큰 적이나 대의를 위해 제대로 싸우고 싶었다. 하지만 상대는 내가 고를 수 있는 게 아니었다. 그냥 주어졌다. 내가 평생 발톱이랑 싸웠다고 하면 어떤 이는 발톱의 때 같은 소리나 하고 있다며 비웃을지 모르겠다. 그건 내성 발톱의 고통을 몰라서 하는 말이다.

열 살 때부터였다. 내 엄지발톱이 다른 사람의 발톱과 다르다고 느낀 것은. 내 발톱은 걸핏하면 방향을 잃었다. 위로 자라는가 싶으면 어느새 옆으로 자랐다. 발가락을 보호해야 할 발톱이 틈만 나면 살을 파고들었다. 내성 발톱은 사람을 무기력하고 초라하게 만든다. 사람들은 발가락이 아프다고 하면 머리나 배가 아픈 것과 달리 더러워서라고 생각하는 경향이 있다. 그래서 아픈 걸 숨기고 참은 적도 많다. 그뿐만이 아니다. 야구를 좋아하고 꽤 잘하는 편이었지만 시합 중에 교체되기 일쑤였다. 수비를 하거나 주루 플레이를 하다 보면 어느새 발가락에서 피가 났기 때문이다. 늘 헐렁한 신발이나 슬리퍼를 신고 다녀서 친구들과 같은 속도로 걷거나 달리기도 힘들었다. 그때부터 나는 다른 사람보다 한발 늦게 인생을 살아가야 했다.

가끔 생각한다. 내가 그저 평범한 발톱만 가졌어도, 아니 백번 양보해 양쪽 엄지발톱 중 하나만 내성 발톱이 아니었어도 내 인생은 조금 더 수월하지 않았을까, 좀 더 그럴싸한 싸움에 내 에너지를 쓰지 않았을까 하고 말이다.

오랜만에 상대가 나타났다. 방심한 사이, 한동안 잠잠했던 오른쪽 엄지발톱이 자신의 존재를 드러냈다. 발톱 주변의 살이 붉은색을 띠며 부어 있었다. 살짝 누르자 날카로운 통증이 느껴졌다. 내성 발톱의 공격엔 초기 진압이 중요하다. 발톱 주위를 소독하고, 살이 부은 부위에 손톱을 집어넣어 발톱 끝을 찾았다. 발톱을 살에서 떼어 밖으로 꺼내야 한다. 비명을 지를 만큼 아픈 과정이지만 더 큰 고통을 막기 위해선 어쩔 수 없다. 발톱이 자라는 방향을 바꾼 후에 연고를 바르고 방을 나왔다.

아침부터 홈쇼핑 채널의 배경 음악이 거실을 가득 채웠다. 아빠는 거실에서 잠도 자고, 텔레비전도 보고, 밥도 먹었다. 덕분에 아빠의 일상을 어쩔 수 없이 공유해야 했다. 집은 좁고 아빠는 컸으므로 달리 방법이 없었다. 그래서인지 집에 있으면 늘 숨이 막히는 기분이었다.

"자, 번번이 다이어트에 실패하신 분들은 오늘 이 상품에 주목하시기 바랍니다!"

쇼호스트가 아빠를 불렀다. 아빠는 군에서 퇴역하며 체중이 급격히 불었다. 체중 때문에 스트레스를 받고, 그 스트레스로 인해 다시 살이 찌고, 그런 악순환을 반복했다. 몇 년째 자신의 살과 싸우며 다이어트라는 말을 달고 살았지만 결과는 번번이 실패였다.

"가만히 있어도 몸을 떨게 해서 저절로 살을 빼 준다! 그거 좋네. 관절에 무리도 안 가고. 바로 내가 찾던 거야."

내가 볼 때 아빠가 다이어트에 실패하는 이유는 쉽고 편하게 살을 빼려는 데에 있다. 저절로 살을 빼 준다는 유혹에 또 넘어

가다니. 고통 없는 싸움이란 애초에 존재하지 않는다는 걸 잊은 게 틀림없다.

"32만 원이면 가격도 싸지 않냐?"

아니. 입에서 나오려는 말을 삼켰다. 말해 봤자 아빠가 들을 리 없다. 괜히 아빠의 장황한 궤변을 듣느라 시간만 낭비해야 한다. 아빠는 질문을 던지는 것 같지만 사실 다른 사람의 의견을 묻는 게 아니다. 자신을 합리화하기 위해 끊임없이 혼잣말을 할 뿐이다.

말이 나와서 얘기인데, 32만 원이 싸다니. 지난주에 생활비를 조금만 더 달라고 할 때는 만 원도 없다고 했다. 아빠는 자신에게 한없이 후하고 남에게 인색하다. 가족도 철저히 남의 범주에 속한다. 예전부터 우리에게는 현실에 맞지 않는 생활비만 주고, 나머지 월급은 자신을 위해 썼다. 엄마가 밤낮으로 일하며 생활을 책임졌지만 아빠는 자신이 식구들을 먹여 살린다고 주장했다. 지금도 연금이 들어오는 통장을 쥐고, 웬만해선 돈을 주지 않는다. 엄마가 아픈 이후로 고등학생인 내가 아르바이트를 하며 생활비를 보태고 있는데도, 아빠는 달라지지 않았다.

냉장고를 열어 보니 그저께 산 구운 계란 한 판이 벌써 없어졌다.

"달걀은 이제 그만 좀 사라. 입에서 비린내가 날 지경이다. 닭가슴살이나 아보카도, 블루베리 같은 게 다이어트에 좋다는데."

나도 닭이나 아보카도를 먹고 싶다. 계란만 사는 건 돈이 없어서다. 아빠는 지겹다면서도 사다 두기만 하면 순식간에 다 먹어버린다. 단백질이라 많이 먹어도 살이 안 찐다고 우긴다. 오늘 아침도 굶어야 하나, 주위를 돌아보는데 가스레인지 위의 냄비가 눈에 들어왔다. 뚜껑을 열어 보니 내가 좋아하는 김치찌개다. 엄마가 밤에 만들어 놓은 모양이다.

엄마는 주로 낮에 잠을 자고, 밤에 일어나 움직인다. 오랫동안 24시간 식당에서 일하면서 직업병을 얻은 셈인데, 일을 그만두고도 나아지지 않았다. 어쩌다 깨어 있어도 방에서 나오지 않는 걸 보면 불면증보다는 아빠와 마주치기 싫은 게 더 큰 이유인 것 같다. 아르바이트를 마치고 안방 문을 열면, 엄마가 깨어 있다. 그러면 들어가서 학교에서 있었던 일, 아르바이트하며 힘들었던 일, 재미있었던 일을 이야기한다. 엄마는 말이 잘 통하는 편이다. 자기 말만 하는 아빠와는 다르다. 하지만 그 일 이후로 엄마의 말수는 급격히 줄었다.

밥솥에서 밥 한 공기를 뜨고 그 위에 김치찌개 한 국자를 부었다. 찌개에 만 밥을 정신없이 입 안에 들이붓고 집을 나왔다.

아빠는 저절로 살을 빼 주는 기계를 보느라 내가 아침을 먹고 나가든지 말든지 관심이 없었다. 텔레비전에서 나오는 요란한 음악 소리만 집 밖까지 나를 따라왔다.

등교 시간까지 약간 여유가 있었다. 학교 앞 버스 정류장에 내리자마자 골목 안에 있는 자전거 가게로 갔다. 사장님이 여행 중이라 오늘은 문이 잠겨 있지만 상관없었다. 유리로 된 창으로 얼마든지 자전거를 볼 수 있었다. 학교 가는 길에 자전거를 구경하는 게 요즘 내가 제일 좋아하는 일과였다. 보는 것만으로 시원한 바닷길을 달리는 기분이 들었다.

자전거도 사람처럼 저마다 특징이 있다. 얼핏 보면 같아 보여도 자세히 보면 사양, 재질, 용도 등이 다르다. 그만큼 가격도 천차만별이다. 제일 앞에 있는 것은 캐논의 'S시리즈 100' 매트블랙 색상 제품이다. 230만 원짜리다. 프레임 무게가 1천 그램대라 가볍고, 25밀리의 타이어를 보유해 편안함과 뛰어난 성능을 동시에 제공한다. 그 옆에 있는 앤트러사이트 색상의 'D시리즈 808'은 여러 잡지에서 올해의 자전거로 뽑힌 제품으로, '매직 머신'이라는 별명을 갖고 있는 꿈의 자전거다. 가격은 375만 원이다. 언젠가 돈을 많이 벌면 꼭 사고 싶은 자전거다. 그 뒤에 국내 스타트업 기업인 메리스에서 만든 '울트라 로드바이크 303' 모델이 있다. 내 자전거가 될 녀석이다. 원래 가격은 150만 원이 넘지만 아저씨가 내게는 특별히 현금 100만 원에 주기로 했다.

만성 내성 발톱 환자에게는 버스로 등교하는 일 자체가 큰 숙제다. 등교 시간에 버스 안은 학생들로 붐벼 발이 밟히는 사고가 빈번히 일어나는데, 이상하게 발톱 상태가 좋지 않은 날 꼭 발을 밟힌다. 발을 밟혀 절뚝거리며 걷던 어느 날 길가에 서 있는 자전거를 보고 깨달았다. 자전거야말로 나 같은 사람에게 최적의 교통수단이 아닌가 하고 말이다. 붐비는 버스를 타지 않아도 되고, 아픈 발로 걷거나 뛰는 대신 슬슬 페달을 밟으면 되니 말이다. 그래서 눈에 띄는 자전거 가게에 들어가 이것저것 물어보기 시작했는데, 사장님은 많은 질문에 귀찮아하기는커녕 묻지 않은 것까지도 알려 주고 싶어 했다.

"자전거로 학교에만 다니기는 아깝지."

어느 날 사장님이 말했다.

사장님은 자전거로 여행을 해 봐야 한다고 했다. 사장님 부부는 자전거로 2년간 세계 일주까지 해 봤다는 것이었다.

"자전거로 세계 일주를요?"

나는 사장님이 보여 주는 여행 사진을 보며 입이 벌어졌다. 자전거로 학교와 아르바이트 가게를 오갈 생각만 했다는 게 한심할 정도였다.

"동해안 7번 국도를 타면 말이야, 부산에서 설악산까지 갈 수 있어. 나는 아직 본 적이 없는데 자전거 여행 하다 울산 근처에서 고래를 본 사람도 있어."

몸에 소름이 돋았다.

"고래를 봤어."

언젠가 고래가 나오는 다큐멘터리를 보다가 엄마가 말했다. 엄마는 울산 바닷가에 앉아 있다가 고래를 본 적이 있다고 했다.

"에이, 거짓말."

그때는 엄마 말을 믿지 않았다. 지어낸 말이라고 생각했다. 먼 바다도 아니고 바닷가에서 고래를 봤을 리가.

사장님 얘기를 들으며 엄마 말이 진짜일지도 모른다는 생각이 들었다. 울산은 엄마 고향이었다. 아빠가 울산에 있는 부대에 근무할 때 만나서 결혼했다. 그 이후 아빠가 부대를 옮기면서 엄마도 울산을 떠났고, 할아버지 할머니까지 돌아가시면서 울산과는 멀어졌다. 고래 이야기를 할 때 엄마 표정이 기억난다. 요즘 엄마한테서 찾을 수 없는 표정이다.

형은 스무 살이 되던 지난해 집을 나갔다. 생각해 보면 형의 가출은 갑작스러운 것이 아니었다. 형은 몇 년 전부터 스무 살이 되면 집을 떠날 거라고 공공연히 예고해 왔다. 가족 중 누구도 그 말을 진지하게 받아들이지 않은 게 문제였다.

형은 사사건건 아빠와 부딪쳤다. 우리 집에서 아빠의 이기심에 반기를 드는 유일한 사람이었다. 아빠가 앞뒤가 안 맞는 말을 우길 때도 꼬박꼬박 맞서며 싸웠다. 하고 싶은 말이 떠올라도 삼키는 나와 달랐다. 솔직히 나는 지겨웠다. 아빠는 바뀌지 않을 거고 어떠한 반항도, 싸움도 헛발질일 뿐이라고 생각했다. 그저 싸움이 끝났으면 했다. 그런데 형이 나가 버렸고, 싸움은 갑자기 끝났다.

형이 나가고 엄마는 쓰러졌다. 몸을 완전히 회복하지 못해 하던 일을 그만두었다. 아빠는 며칠 동안 형 얘기만 하면 화를 냈다. 하지만 나에게는 형의 가출이 나쁘기만 한 건 아니었다. 그때까지 나는 감히 집을 떠날 수 있다는 생각은 하지 못했다. 그냥 머물러야 하는 줄 알았다. 형이 나가고 깨달았다. 나도 떠날 수 있다. 형은 그렇게 모든 면에서 빨랐다. 나는 늘 한발 늦었다.

아르바이트를 늘리고 적금을 들었다. 자전거를 사야 했다. 만날 구경만 할 게 아니었다. 이유도 달라졌다. 자전거로 학교만 다니기는 아깝기 때문이다. 언제든 떠나기 위해서였다. 늘어난 아르바이트 때문에 몸은 더 피곤했지만 마음은 자유로웠다. 떠날 수 있다는 생각은 이미 떠난 것과 비슷한 힘이 있었다.

오늘이 바로 그 적금을 타는 날이다. 그리고 내일이면 드디어 자전거를 갖게 된다.

"고은태! 너 또 여기 있냐? 지각하겠다."

형철이였다. 나는 형철이와 주먹과 어깨를 맞부딪치며 과격하게 아침 인사를 하고 학교를 향해 걸었다.

"너 또 발톱이?"

형철이가 내 걸음걸이를 보고 단박에 발 상태를 알아차렸다.

"응."

"네 발톱도 진짜 대단하다. 또 한참 아프겠네."

"이번에는 빨리 발견해서 금방 나을 거야."

나는 자신만만하게 말했다. 이제 발톱 주변 색깔만 봐도 어느 정도 아플지 감이 왔다.

"너무 자주 아픈 거 아니냐? 멀쩡할 때보다 아플 때가 더 많아."

"발톱이 그렇게 생겨 먹은 걸 어떡하냐. 그렇다고 발가락을 잘라 낼 수도 없고."

"그렇긴 하지. 그런데 좋은 일 있냐?"

형철이가 물었다.

"왜?"

"아프다면서 실실 웃잖아."

"자식, 눈치는. 내일 저녁에 시간 내라. 내가 피자 살게."

"짠돌이가 웬일, 큰돈이라도 생겼냐? 혹시 복권 당첨?"

형철이는 깜짝 놀랐다. 늘 얻어먹기만 하는 내가 산다니 그럴 만했다. 복권 당첨은 아니었지만 큰돈이 생기는 건 사실이었다.

은행에서 찾은 돈은 정확히 117만 7,310원이었다. 내 손에 쥐어 본 가장 큰 돈이었다. 자전거를 사고, 형철이한테 피자를 사도 돈이 남는다. 아르바이트를 마치고 오는 길에 마트에 들러 마음껏 장을 봤다. 저녁 한 끼 정도 근사하게 먹어도 될 것 같았다. 삼겹살 두 팩과 상추, 사이다까지 샀다.

"어디서 돈벼락이라도 맞았냐?"

내가 장 봐 온 것들을 보더니 아빠가 말했다. 큰돈이 생긴 걸 형철이도 알더니 아빠도 알아차렸다. 평소에 돈이 없는 사람이 돈을 가지면 이래저래 티가 나는 모양이다.

안방 문을 열어 엄마를 불렀다.

"엄마, 삼겹살 먹을 건데 나올래?"

혹시나 해서 물어보았다. 엄마는 고개를 저었다.

"냉장고에 남겨 둘 테니까 이따 먹어."

엄마가 알겠다는 듯 살짝 미소를 지었다.

아빠는 벌써 고기를 굽고 있었다.

"다음에는 소고기로 사 와라. 나이가 들어서 그런가, 돼지고기는 먹고 나면 속이 부대껴. 다이어트에도 안 좋고."

한 번에 삼겹살을 서너 개씩 집어 먹으며 아빠가 말했다. 기분이 좋아서 그런지 아빠 말이 별로 거슬리지 않았다. 오랜만에 먹는 삼겹살이 입에서 녹았다.

"이럴 때는 사이다가 아니라 와인이지."

아빠가 주방으로 가더니 와인 한 병과 잔 하나를 가져왔다.

"이게 말이야. 이탈리아산 빈티지 와인인데, 얼마짜린 줄 아냐?"

아빠는 그렇게 말하며 와인을 부어 마셨다. 나한테는 포도주스 한번 사 주지 않으면서. 갑자기 와인을 마시고 싶었다. 나는 사이다를 마신 잔에 와인을 가득 부어 한 번에 쭉 마셔 버렸다.

"야, 넌 네 엄마 닮아서 술을 못 마실 텐데."

나를 걱정하는 게 아니라 비싼 술이 아까운 거였다. 내친김에 한 잔 더 마셨다.

"너 지금 뭐 하는 거야? 이게 얼마나 비싼 건데."

결국 아빠는 와인 병을 다시 주방에 숨기고 왔다.

"아빠도 울산에 있을 때 고래 본 적 있어?"

아빠에게 왜 그런 걸 물었는지 모르겠다. 곧 자전거가 생긴다는 생각에 들떴던 모양이다.

"고래?"

아빠가 뜻밖이라는 표정으로 나를 봤다.

"나는 고래 보러 갈 거야."

졸업하고 나면 자전거를 타고 고래를 볼 수 있다는 동해안으로 제일 먼저 가고 싶었다.

"엄마가 울산 바닷가에서 고래를 봤다고……."

"말도 안 되는 소리! 고래는 무슨. 네 엄마는 원래 황당한 소리를 잘한다."

아빠는 딱 잘라 말했다. 짜증이 났다. 엄마가 고래를 봤다는데, 왜 말이 안 된다고 하는 건지. 따지고 싶었지만 하고 싶은 말은 입 밖으로 나오지 않았다.

닫혀 있는 안방 문이 보였다. 엄마도 이렇게 입을 닫게 된 건지도 모른다. 하고 싶은 말을 삼키다가 아예 말하는 법을 잊어버렸는지도. 엄마와 내가 닮은 점이 많다는 생각이 들었다.

"먹은 만큼 칼로리를 태워야지. 그러면 살이 안 찐다. 이 러닝머신이 말이야, 얼마짜리인 줄 아냐."

아빠가 별안간 자리에서 일어났다. 너무 많이 먹었다고 생각했는지 방치해 두었던 러닝머신 위에 올라가 전원 버튼을 켰다. 발판이 움직이자 아빠가 순간 중심을 잡지 못하고 휘청거렸다. 아빠같이 체중이 많이 나가는 사람은 한번 다치면 크게 다친다. 나도 모르게 벌떡 일어나 아빠를 잡았다. 그런데 아빠가 넘어지며 내 발을 밟았다. 정확히 내 오른쪽 엄지발가락 한가운데였다.

"아악!"

발가락 끝에서 시작된 고통이 온몸으로 퍼졌다. 소리를 질러도 아빠는 자신의 무게 때문에 금방 발을 옮기지 못했다. 아빠의 체중이 내 작은 발가락에 그대로 전해졌다. 나는 아빠를 밀어 소파에 앉히고 발을 뺐다. 그대로 주저앉아 발가락을 잡고 뒹굴었다.

"아빠, 제발 좀……!"

"외국 어느 나라에서는 발을 밟히면 밟힌 사람이 사과한다더라. 자기가 발을 거기 넣어서 죄송하다고. 뭐 그렇게 엄살을 떠냐?"

엄살이 아니었다. 정말 발가락이 끊어지는 것 같았다.

"쯧쯧, 네 발가락은 어째 아직 그 모양이냐. 다 큰 녀석이 발가락 하나를 감당 못해서. 못난 놈."

아빠는 자식을 다치게 하고도 미안한 기색이 없었다. 양말을 벗어 보니 예상했던 대로 발톱이 완전히 눌려 있었다. 애써 꺼낸 발톱이 다시 살 속에 묻혀 버렸다. 살을 자극하는 끝부분을 다시 찾으려고 했지만 보이지 않았다. 최악의 상황이 되어 버린 것이다. 너무 아파서 건드리기도 힘들었다. 초기 대처를 잘해서 약만 열심히 바르면 나을 상황이었는데, 아빠한테 밟혀 무의미해지고 말았다. 나는 절뚝거리며 방으로 들어갔다.

"에이, 씨!"

나도 모르게 욕이 나왔다. 걸핏하면 살을 파고드는 발톱도, 나를 끊임없이 짓밟는 아빠도 지긋지긋했다. 침대에 누웠다. 나른했다. 포도주가 온몸으로 퍼지는 느낌이었다. 발가락에 연고를 발라야 하는데, 소염진통제를 먹어야 하는데, 움직일 수가 없었다.

"빨리 나와라. 다 치우고 자. 발가락 아프다는 핑계 댈 생각 하지 말고."

거실에서 아빠가 계속 나를 불렀다. 다른 날 같으면 일어나서 나갔겠지만 몸이 말을 듣지 않았다. 눈꺼풀이 무거웠다. 졸음이 쏟아졌다.

하루 종일 속이 좋지 않았다. 다행히 학교 마칠 때쯤에는 몸이 괜찮아져서 형철이와 피자 가게로 갈 수 있었다.

"와인을? 맥주 한 잔도 못 마시는 놈이."

"그러니까. 이제는 좀 커서 괜찮을 줄 알았는데, 갑자기 쓰러져 버렸어."

"아까 걷는 것 보니까 발도 심해진 것 같은데. 와인 때문인가?"

"아니, 그럴 일이 있었어. 지금 좀 안 좋아."

"수술하라니까. 우리 누나는 수술하고 괜찮아졌어. 그렇게 비싸지도 않아. 10만 원인가……."

"나한테 10만 원이 어딨냐?"

"피자 사지 말고 이 돈을 모아."

"됐어. 빨리 먹어."

형철이와 피자 두 판을 깨끗이 해치웠다. 사실 형철이에게는 피자 스무 판을 사 줘도 모자란다. 형철이는 우리 집 사정을 알고 자발적으로 내 물주가 되어 주면서도 생색 한번 낸 적이 없다.

"다 먹었으면 일어나. 너랑 갈 데가 있어."

"어디?"

"내가 오늘 엄청난 걸 살 거야."

"진짜 돈벼락이라도 맞았나 보네."

형철이가 신기하다는 표정으로 웃었다.

남은 사이다를 싹 비우고 먼저 일어나 계산대로 갔다.

"얼마예요?"

한 번쯤은 형철이 앞에서 해 보고 싶은 말이었다. 그런데 호기롭게 연 가방 앞주머니에서 돈 봉투가 보이지 않았다. 책이 들어 있는 중앙 주머니와 옆 주머니까지 뒤졌지만 거기에도 없었다.

"어, 어디 갔지?"

갑자기 불길한 느낌이 들었다.

"왜 그래?"

"돈이 없어졌어."

"거기 둔 거 맞아? 잘 찾아봐."

가방을 뒤집어 안에 있는 걸 다 쏟았다. 그래도 봉투는 나오지 않았다. 어제 마트에서 고기를 사고 봉투를 가방에 넣었다. 그랬던 것 같다. 아니, 마트에서 고기를 사고 봉투를 계산대에 그대로 올려 두었나. 그럴 리가 없다. 분명히 넣었다. 그리고 집에서는 가방을 한 번도 안 열었다. 그렇다면 학교에서 책을 꺼내다가 흘렸나. 학교에서 컨디션이 좋지 않아 봉투가 잘 있는지 확인해 보지 못했다. 갑자기 내 기억에 자신이 없어졌다. 결국 계산은 형철이가 했다. 피자를 근사하게 사고, 자전거 가게에 가서 자전거도 보여 주고 싶었는데. 모든 것이 꼬였다.

우선 돈을 찾아야 했다. 어떤 돈인데, 무조건 찾아야 했다. 저녁에 아르바이트하는 식당에는 사정이 있어 못 간다는 전화를 하고 다시 학교에 갔다. 교실부터 화장실, 운동장까지 내가 갔던 모든 곳을 들렀다. 장을 봤던 마트에도 갔다. 한 번이라도 지나간 길은 모조리 다시 가 봤다. 어디에도 돈은 없었다. 어둑해지자 돈을 못 찾을지도 모른다는 두려움이 일었다. 아주 잠깐 머무르며 나를 행복하게 해 준 돈이 정말 벼락같이, 순식간에 사라져 버린 것이다. 오른쪽 엄지발가락이 견디기 힘들 만큼 아팠다. 너무 걸어다닌 탓이었다. 발을 딛을 때마다 깊은 통증이 다리를 타고 머리까지 전해졌다. 경찰서에 들러 돈을 잃어버렸다는 신고를 하고 아픈 발을 끌며 집으로 갔다.

늦은 시간이었는데도 거실엔 불이 켜져 있었다.

윙, 위잉, 윙, 위이이잉.

처음 들어 보는 요란한 소리 쪽으로 고개를 돌렸다. 아빠가 새로운 운동기구에 올라타 있었다. 자세히 보니 어제 아침 홈쇼핑에 나오던, 가만히 있어도 살을 빼 준다는 그 기구였다. 그 옆에는 아빠가 자주 주문하는 다이어트 주스와 약 상자가 쌓여 있었다.

"진작에 이걸 샀어야 하는데, 그동안 괜한 고생을 했어."

위잉, 윙, 위이잉.

기구에 매달려 몸을 이리저리 돌리고 있는 아빠를 보는 순간, 내 머릿속에서는 계산기가 돌아갔다. 아빠가 분명 말했다. 저 말도 안 되는 기구가 32만 원이라고. 거기에다 쌓여 있는 다이어트 주스와 약까지 더하면, 대충 계산해도 100만 원 가까이 되는 돈이었다. 하루 종일 찾던 내 돈의 행방에 대해 확신이 들자 갑자기 전에 없던 용기가 생겼다.

"이거 다 무슨 돈으로 샀어? 만 원도 없다고 했잖아."

내 질문에 아빠가 당황했다. 아빠는 대답 없이 흠흠, 목소리를 몇 번 가다듬기만 했다.

"어젯밤에 내 돈 가져갔지?"

나는 가방을 놓고 아빠 곁으로 바짝 다가갔다.

아빠는 기구에 몸을 맡긴 채 아무 말도 안 했다.

"이제 아들 돈까지 손을 대? 정말 아빠가 사람이야?"

나는 소리를 질렀다. 더 이상 눈에 뵈는 게 없었다.

"아니, 이 자식이! 말버릇하고는."

아빠는 그제야 기구의 전원 버튼을 끄고 내려왔다.

"그게 어떤 돈인 줄 알아? 내가 얼마나 힘들게 모은 돈인지 아냐고. 나한테는 밥값, 차비 한번 준 적 없으면서 어떻게 아들 돈으로 이런 걸 사?"

아빠 앞에서 말하는 법을 잊어버린 줄 알았는데 아니었다. 막상 입을 열자 끝이 뭐든, 바뀌는 게 있든 없든 싸우고 싶다는 생각뿐이었다.

"아빠가 도둑이야? 왜 남의 돈을 가져가? 빨리 내놔! 당장! 나 자전거 사야 한다고!"

미친놈처럼 악다구니를 썼다. 다이어트 주스와 약 상자도 다 던져 버렸다.

"이 자식이. 뭘 잘못 먹었나?"

아빠는 내 뜻밖의 모습에 많이 놀란 것 같았다.

"아빠는 이기주의자야. 자기 자신밖에 몰라. 그래서 형도 집을 나간 거야. 나도 나갈 거야!"

예전의 형이 그랬던 것처럼 나도 아빠를 똑바로 보며 분명하게 말했다. 아빠도 내 눈을 쳐다보았다. 큰 소리로 독설을 쏟아 낼 게 분명했다. 아빠는 자신의 권위에 반항하는 걸 제일 싫어했다. 그런데 아빠가 말없이 소파로 돌아가 앉았다. 형이랑 싸울 때처럼 길고 긴 공방이 이어질 줄 알았는데 의외였다.

"이건 어제 아침에 주문한 거다. 어젯밤에 네 돈을 가져가서 주문했으면 벌써 도착할 리가 있냐?"

차분한 목소리였다. 생각해 보니 일리 있는 말이었다.

"돈이 얼마나 있었냐?"

아빠가 물었다.

나는 아무 말도 안 했다. 그때 아빠 입에서 뜻밖의 말이 나왔다.

"네 엄마가 가져갔나 보다."

"뭐?"

"낮에 엄마가 나갔다."

나는 달려가 안방 문을 열었다. 정말 엄마가 없었다. 오랫동안 펴져 있던 이불이 말끔히 정리되어 있었다. 화장대 위에 봉투 하나가 보였다. 애타게 찾던 내 돈 봉투가 틀림없었다. 14만 5,510원이 남아 있었다. 어제 마트에서 장을 보고 남은 돈에서 100만 원이 빠진 돈이었다.

진짜 범인을 찾았다. 내가 전혀 생각지 못한 사람이 범인이었다. 오랫동안 방에서도 나오지 않던 엄마가 내 돈을 들고 집을 나가 버린 것이다. 상상도 하지 못했다. 내가 떠나려 했는데, 엄마가 먼저 떠났다. 이번에도 내가 한발 늦었다.

전혀 현실감이 없었다. 돈이 사라졌다는 것도, 엄마가 떠나고 내가 남은 것도. 욕이 나오거나 눈물이 나와야 하는데, 자꾸만 웃음이 나왔다. 평소에 돈이 없는 사람은 돈을 잃어도 웃음이 나는 모양이다. 실실 새어 나오는 웃음을 멈출 수가 없었다.

엄마가 떠난 밤, 나는 한숨도 자지 못했다. 엄마가 보고 싶어서도, 돈이 아까워서도 아니었다. 순전히 내성 발톱 때문이었다. 처음에는 발가락이, 나중에는 오른발 전체가, 결국에는 온몸이 욱신거리며 아팠다. 더 이상 내가 손쓸 수 있는 상태가 아니었다. 다행히 형철이에게 피자값을 갚고 나니 수술비만큼 돈이 남았다. 형철이 누나가 갔다는, 수술비가 10만 원이라는 병원을 찾아갔다.

의사는 내 흉측한 발톱을 보고도 전혀 놀라거나 더러워하지 않았다. 그 점이 마음에 들었다. '이 지경이 될 때까지 뭐 하셨어요?'나 '발가락이 진짜 이상하게 생겼네요.' 같은 얘기를 들을 줄 알았는데, 내성 발톱 전문 의사답게 아주 담담했다.

"잘 휘는 발톱이에요. 걱정할 건 없어요. 수술하면 됩니다. 마침 오늘 수술하기로 했던 환자가 취소를 해서 지금 할 수 있어요. 30분이면 되고, 부분 마취하니까 하나도 안 아파요. 바로 일상생활 가능하니까 그것도 걱정 마시고. 일주일 동안 물 안 닿게 하고, 항생제 먹고, 연고 잘 바르면 됩니다."

신속하고 깔끔한 진단이었다. 그 역시 마음에 들었다.

"수술하면 이제 다시는 내성 발톱으로 고생 안 하는 거죠?"

내가 물었다. 드디어 내성 발톱에서 해방될 수 있다는 희망에 약간 벅찼다.

"네? 그럴 리가요? 또 오는 사람 많아요."

다 좋았는데 마지막 단계에서 의사가 예상외의 답을 했다.

"그럴 거면 수술을 왜 해요?"

완전한 해방이 아니라면 내가 치료하지, 수술까지 할 필요가 있을까 싶었다. 10만 원은 나에게는 엄청 큰 돈이었다. 열두 시간 넘게 일해야 받는 돈이었다.

"관리만 잘해 주면 한동안은 괜찮을 거예요. 여기서 염증이 퍼지면 그땐 수술이 커집니다. 입원하는 경우도 있어요."

한동안? 겨우 한동안 괜찮기 위해 수술을 하라니. 괜찮은 의사인 줄 알았더니 완전 무책임한 의사였다.

"선생님은 내성 발톱 겪어 본 적 없죠?"

"네?"

의사가 나를 쳐다봤다.

"내성 발톱이 얼마나 아픈지 아세요? 이런 발톱으로 평생을 살아야 하는 고통이 어떤지 아시냐고요? 남의 발이라고 그렇게 별일 아닌 것처럼 얘기하시는 거 아닙니다."

요즘은 말이 너무 잘 나와서 탈이다. 나도 모르게 처음 보는 의사에게 하고 싶은 말을 쏟아 내고 말았다.

"음……. 내성 발톱이 아프고 불편하긴 하죠. 그래도 심각한 병은 아니잖아요. 치료해 가며 사는 거죠. 비교적 행운 아닌가? 다른 병보다는. 나는 그렇게 생각하는데. 재발하면 또 오세요. 그래야 나 같은 사람도 먹고사니까."

너무 당당해서 오히려 당황스러웠다. 하지만 딱히 반박할 말도 떠오르지 않았다. 결국 아무 말도 못하고 진료실을 나와야 했다. 평범한 발톱이 행운이지 내성 발톱이 행운이라니. 절뚝거리며 진료실을 나오면서도, 수술실 침대에 누워서도 이상하게 그 말이 머릿속에 맴돌았다. 의사 말처럼 수술은 전혀 아프지 않았다.

엄마는 돌아오지 않았고, 아빠는 안방으로 자리를 옮겼다. 엄마가 집을 나가고 내가 화를 낸 일은 아빠에게 나름 큰 충격을 준 것 같았다. 아빠는 주로 방에서 머물렀다. 거기서 잠도 자고 텔레비전도 보고, 운동도 했다. 어쩌다 나와도 말을 많이 하지 않았다. 그리고 가끔 냉장고에 계란 따위를 채워 놓았다.

나는 덕분에 비어 있는 거실을 자유롭게 썼다. 아르바이트를 마치고 집에 돌아오면 거실에서 좋아하는 야구를 편하게 볼 수 있었다. 엄마한테서는 두어 번 문자가 왔다. 미안하다는 내용이었다. 나중에 돈을 꼭 갚겠다는 말도 했다. 며칠 전에는 고래가 나오는 영상 하나를 보냈다. 떠나기 전날 나와 아빠가 나눈 고래 이야기를 들은 것 같았다. 엄마 말이 진짜라는 걸 증명해 보이고 싶었던 모양이다. 가끔 꿈속에서 바닷가에 앉아 있는 엄마를 본다. 뒷모습인데 좋아 보였다. 방에 있을 때보다 더 가깝게 느껴지기도 했다.

라면을 먹으며 텔레비전을 봤다. 류현진 선수의 옛날 경기 하이라이트 방송이었다. 2014년 3월 23일 호주 시드니에서 열린 메이저리그 개막 2차전으로, 그해 류현진이 시즌 첫 번째로 등판한 경기라고 했다. 3회 공격 이닝에서 류현진이 안타를 쳤다. 잠시 후 디 고든 선수의 2루타에 달리던 류현진은 3루 베이스를 돌다가 주루 코치의 신호에 급히 멈추어 섰다. 그 순간 류현진이 발을 불편해하며 얼굴을 찡그렸다. 나는 직감적으로 그것이 내성 발톱에 의한 통증이라는 걸 알았다. 겪어 본 사람만이 아는 고통이었다.

나는 젓가락을 내려놓고 휴대폰으로 당시 뉴스를 찾아보았다. 내 직감이 정확했다. '내성 발톱, 류현진의 발목을 잡다'라는 기사를 찾았다. 류현진 선수의 오른쪽 엄지발가락 사진까지 있었다. 엄지발톱이 내가 아빠한테 밟혔을 때처럼 피로 얼룩진 모습이었다. 보기만 해도 찌릿찌릿 아픔이 전해졌다. 류현진 선수도 오랫동안 내성 발톱으로 고생하고 있었던 것이다. 1년에 한 번, 발톱 안쪽을 쪼개서 박힌 발톱을 빼내는 수술을 한다고 했다.

이상하게 눈물이 났다. 같은 발톱을 만났다는 것만으로 좋았다. 류현진 선수가 나를 알 리 없는데도 내 고통을 위로해 주는 느낌이었다. 말이 안 되는 소리지만 갑자기 내 발톱이 꽤 괜찮은 발톱으로 느껴지기까지 했다. 누가 들으면 발톱의 때 같은 소리나 하고 있다며 웃을지 모르지만 말이다. 내성 발톱이 행운이라는 말에는 여전히 동의할 수 없지만 괜찮은 불운일지 모른다는 생각이 처음으로 들었다. 실제로 수술 후 내 발톱은 문제없이 잘 자랐고, 한동안은 괜찮은 상태를 유지할 것 같다. 앞으로도 발톱과 싸우면서 그럭저럭 내 인생을 살아갈 수 있을 거란 기분이 들었다. 다른 사람보다 한발 정도 늦는 건 상관없을지도 모르겠다.

남은 라면을 깨끗이 해치우고 기분 좋게 일어서는 순간이었다. 탁자 다리에 발가락이 부딪쳤다. 찌릿, 발톱 주위가 욱신거렸다. 이번엔 왼쪽 엄지발톱이었다.

이 책을 읽은 청소년 여러분에게 …

성장의 프리즘

독자 여러분, 안녕하세요? 문학동네는 지난 2014년부터 『관계의 온도』 『내일의 무게』 『콤플렉스의 밀도』를 시작으로 청소년 독자를 위한 테마 소설집을 출간해 왔습니다. 2015년에는 『존재의 아우성』 『중독의 농도』, 2018년에는 『사랑의 입자』 『불안의 주파수』를 여러분께 보내 드렸지요. 이번에는 '통과의례'를 테마로 엮은 소설집 『성장의 프리즘』을 보내 드립니다. 처음엔 이 시리즈가 이렇게 길어질 거라고 생각하지 못했습니다. 꾸준히 책의 의미를 알아봐 주신 독자들의 성원 덕분이라 생각합니다.

앞서 이 시리즈를 읽어 본 분이라면 아시겠지만 우리는 주제와 관련된 어떤 교훈을 주고자 하지 않았습니다. 문학작품은 삶에서 부딪치는 문제에 대한 해답지가 아니라 삶에 대한 질문이라 생각하기 때문입니다. 여러분이 책을 읽으며 "통과의례란 무엇인가?", "이곳의 건너편에는 무엇이 나를 기다리고 있을까?"와 같은 질문들을 떠올린다면 이 소설집에 참여한 작가들은 기쁠 것입니다.

'통과의례'라는 말을 들어 본 적이 있는지요? 아마 어디선가 들어 본 듯해도 그 뜻을 정확히 설명하라고 하면 답하기가 쉽지 않을 거예요. 표준국어대사전은 통과의례를 '출생, 성년, 결혼, 사망 따위와 같이 사람의 일생 동안 새로운 상태로 넘어갈 때 겪어야 할 의식을 통틀어 이르는 말'이라고 정리해 놓았습니다. 통과의례란 표현은 프랑스의 인류학자 아르놀드 방주네프(Arnold Van Gennep)가 『통과의례(Les Rites de Passage)』라는 책에서 처음 사용하였다고 하지요. 그는 통과의례를 "장소, 상태, 사회적 지위, 연령의 여러 가지 변화에 따른 의례"라 규정하고, '분리-전이-재통합'의 세 단계로 구성된다고 했습니다.

인간은 태어나서 죽음에 이르기까지 여러 가지 의례를 겪습니다. 산업화에 따라 풍습이 많이 바뀌긴 했지만 우리나라의 경우 아기가 태어나면 삼칠일 동안 금줄을 치고 외부인의 출입을 막았지요. 때마다 치르는 백일잔치, 돌잔치는 지금도 흔히 볼 수 있지요? 나이가 들면 상황에 따라 성년식, 결혼, 회갑, 회혼례 등을 치러 왔어요. 그리고 누구나 장례식으로 생을 마감하지요.

그중 성인식과 장례식은 어떤 시대든 어떤 민족이든 가장 중요한 의례로 여겨 왔습니다. 장례식은 죽은 다음 치러지는 것이기에 살아 있는 개인이 경험하는 가장 중요한 통과의례는 성인식이라고 할 수 있지요.

수년 전 EBS에서 〈인류 원형 탐험〉이라는 다큐멘터리를 시리즈로 방송했습니다. 이 다큐멘터리는 인류 원형의 모습을 화석처럼 간직한 채 살아가는 전 세계 여러 부족의 풍습을 보여 주었는데, 몇몇 독특한 성인식이 눈길을 끌었습니다. '어느 소년의 성인식, 에티오피아 하마르족' 편에 나온 성인식이 그중 하나입니다. 하마르족의 소년은 발가벗은 채 여러 마리의 소 등 위를 넘어지지 않고 뛰어 자신의 힘과 용기를 증명해야 합니다. 발가벗는 이유는 세상에 갓 태어난 상태를 상징하기 위해서라고 해요. 성인식을 치르는 소년의 이웃 여성들은 이 소년을 위해 채찍질을 감당합니다. 성인식은 한 사람의 의례가 아닌 부족 공동체 모두의 중요한 의례임을 상징적으로 드러내는 것이지요. 만약 이 소년이 소 등을 넘지 못하면 부족의 놀림거리가 되고, 당나귀라는 이름으로 평생을 살아갈 수밖에 없습니다.(하마르족은 성인식을 치르기 전의 아이를 우클리—당나귀—라 부른다고 합니다.)

우리나라의 경우 "삼한 시대 마한에서 소년들의 등에다 상처를 내어 줄을 꿰고 통나무를 끌면서 그들이 훈련받을 집을 지었다."라는 기록이 남아 있습니다. 동서고금을 불문하고 고대 인류의 성인식에는 의도된 고통, 장기간의 고립, 상징적 죽음 체험 등 엄혹한 과제가 부여되었습니다. 목숨을 걸고 엄청난 고통과 시련을 이겨 낸 자만이 자신의 부족을 지키는 전사가 되고, 대를 이어 갈 수 있는 부모 자격이 생긴다고 생각한 거겠지요.

하지만 시대는 변했습니다. 현대 인류는 부족의 번영과 안녕을 최우선으로 삼지 않으며 더 이상 생존을 위해 야생동물에 맞서 사냥을 하지 않습니다. 세계 일부 지역을 제외하고 현대사회에서 어린이나 청소년에게 부과되는 가혹한 성인식은 찾아보기 어렵습니다. 물론 현대에도 일본은 1월 둘째 월요일을, 우리나라는 5월 셋째 월요일을 '성년의 날'로 정하고 있지만 과거와 같이 심오한 사회적, 종교적 의미를 두지는 않습니다.

그렇다면 현대인에게 성인식이라는 통과의례는 사라진 걸까요? 공동체 구성원으로서 다시 태어남의 의미를 갖는 성인식은 현대사회에서는 기념일이라는 껍질만 남았을 뿐 더 이상 존재하지 않는 걸까요? 우리는 이 질문에 답하기 위해 앞서 말한 방주네프의 통과의례 세 단계에 대해 생각해 보아야 합니다.

앞서 통과의례는 '분리-전이-재통합'의 단계로 구성된다고 했습니다. 성인식을 앞둔 아이는 가족으로부터, 또는 아이가 속해 있던 사회로부터 '분리'됩니다. 그리고 '전이' 과정에서 성인이 되기 위한 임무를 수행해야 합니다. 그 임무를 성공적으로 수행하면 비로소 사회에 '재통합'되는 거지요. 안정에서 불안정, 그리고 다시 안정의 상태로 돌아가는 것입니다.

이 중에서 가장 중요한 것은 전이 단계입니다. 방주네프는 이를 'liminal phase'라고 했습니다. 'liminal'은 프랑스어로, 심리적 또는 생리적 임계점을 뜻합니다. 임계점은 자극에 반응하여 상태의 변화가 일어나는 순간을 말합니다. 섭씨 100도가 되면 물이 끓는 것처럼요. 그러니까 liminal phase는 심리적이거나 생리적인 변화가 일어나는 단계라 할 수 있지요. 흥미로운 건, liminal이란 단어가 문지방을 뜻하는 라틴어 limen에서 유래했다는 것입니다.

어른들로부터 문지방을 밟지 말라는 말을 들어 보았을 것입니다. 옛 어른들이 그렇게 말한 데에는 집이 망가질까 봐 걱정하는 실용적 의미도 있었지만 주술적 의미도 있었습니다. 문지방은 이승과 저승, 인간 세계와 귀신 세계의 경계를 의미하기도 했기에, 경계를 무너뜨리는 위험한 행위로 보고 문지방을 밟지 말라 한 거지요. 민속학이나 신화학 책을 보면, 이쪽도 아니고 저쪽도 아니면서 동시에 이쪽과 저쪽을 매개하는 존재는 언제나 위험하고도 신성한 존재로 여겨졌습니다.

문지방은 경계의 영역입니다. 이쪽과 저쪽, 안과 바깥 중 어디에도 속하지 않습니다. 방주네프는 통과의례 과정을 어디에도 속하지 않는 단계로 생각한 것입니다. 통과의례라는 문지방을 통과하는 사람들은 이쪽에도 없고 저쪽에도 없는 비가시적 존재, 불안정한 존재가 됩니다. 중요한 것은 소 등 넘기와 같은 힘든 과제의 수행 여부가 아니라 어디에도 속하지 않은 존재로서 리미널한 상태를 경험하는 것입니다. 경계에서 불안정성을 견뎌 내는 시간을, 우리는 통과의례라 부를 수 있습니다.

형식과 내용이 바뀌었을 뿐 현대에도 성인이 되기 위한 통과의례는 사라지지 않았습니다. 단시간에 집중적으로 진행되었던 퍼포먼스적 의례는 사라졌지만 성인식 통과의례는 학교 제도 또는 청소년기라는 이름으로 여전히 존재합니다. 과거에는 고통과 시련이 압축된 문지방을 건너갔다면, 현대인인 우리는 청소년기라는 아주 길게 연장된 터널을 건너가고 있는 셈이지요.

공부, 진학, 취업과 같은 과업과 친구, 이성, 부모님과의 갈등 때문에 힘든 순간이 많으리라 생각합니다. 어딘가에 속하고 싶다는 느낌, 또는 어디에도 속해 있지 못하단 느낌 때문에 불안할 때도 많을 거예요. 가끔은 스스로가 유령이나 좀비 같다고 생각해 본 적이 있을지도 모르겠어요. 유령이나 뱀파이어, 좀비도 이쪽과 저쪽 그 어느 쪽에도 속하지 못한 문지방 위의 존재이니 동질감을 느낄 만하다 생각됩니다. 그래요. 여러분은 지금 리미널한 상태, 통과의례 과정의 한가운데에 있습니다. 이쪽에서 저쪽으로 성공적으로 건너가야 한다는 과제를 안고 있기에 더 많은 외로움과 불안감에 시달릴 수밖에 없습니다. 아주 먼 고대부터 인간이라면 피할 수 없는 일이지요. 힘들더라도 이 통과의례를 치르고, 반드시 문지방 너머의 저곳으로 건너가야 합니다.

혹시 어떤 사건을 경험하고 나서 주변 상황은 바뀐 게 없는데 내 안에서만 무언가 바뀐 듯한 느낌을 받아 본 적이 있는지요? 잘 생각해 보면 초등학교 때부터 지금에 이르기까지 기억에 남는 사건이 꽤 있을 거예요. 저는 열두 살 때 한참 떨어진 친구 집에 놀러 갔다가 버스비가 없어 친구들과 함께 한강을 내려다보며 두세 시간 동안 산을 넘어 집에 돌아온 날이, 믿었던 친구에게 배신감을 느끼며 터덜터덜 혼자 집으로 돌아오던 십 대 중반의 어느 날이, 그리고 원했던 대학의 합격 발표를 들은 날이 기억납니다. 집에 왔을 때, 상처가 아물었을 때, 혹은 커다란 과업을 수행했을 때, 내 안에 있던 어떤 두려움들이 사라진 느낌이 들었지요. 아주 조금씩 천천히, 상처나 시련을 겪으며 자신의 한계를 넘나드는 경험을 쌓고 쌓다 보면 어느새 '임계점'을 넘어 진짜 어른이 됩니다.

통과의례를 제대로 치르지 못한 사람은 진정한 어른이 아닌 껍질만 어른인 사람이 됩니다. 여러분들 중에 이렇게 껍질만 어른인 사람이나 부모님 때문에 힘든 시간을 보내고 있는 분이 있을지도 모르겠습니다. 그렇다면 더욱 그 고리를 끊어 내야 합니다. 문지방은 반드시 끝이 있습니다. 힘든 과제를 통과할수록 더 성숙한 어른이 될 수 있습니다. 부디 힘과 용기를 내십시오.

청소년기가 지나간다고 해서 넘어야 하는 것들이 완전히 사라지는 건 아닐 수도 있습니다. 고도로 복잡해진 현대사회에서 우리는 수도 없이 많은 문지방을 만날 수밖에 없습니다. 때로는 너무 길고 거친 문지방을 만날 수도, 갑자기 솟아올라 뛰어넘기 힘든 문지방을 만날 수도 있을 겁니다. 저마다 지닌 다양한 욕망은 마치 끝없이 생성되는 게임 퀘스트처럼 새로운 문지방을 만들어 낼 수 있습니다. 우리는 그때마다 이쪽도 저쪽도 아닌 불안정한 경계면에서 외롭고 지칠 거예요. 어쩌면 영원히 어른이 될 수 없는 건 아닐까 하는 생각이 들 수도 있어요. 그럴 땐 앞만 보지 말고 눈을 옆으로 돌려 보세요. 때로 혼자 걸을 때도 있고, 반드시 혼자 걸어야 하는 길도 있지만 모든 길이 다 그렇지는 않습니다.

통과의례는 공동체 전체의 과제이기도 합니다. 우리는 이걸 잊어서는 안 됩니다. 빅터 터너(Victor Turner)라는 학자는 『의례의 과정(The Ritual Process)』이란 책에서, 전이 과정에서 가장 중요한 것 중 하나는 인간의 '연대 관계'를 인지하는 거라 했습니다. 또한 전이 현상은 "동종 의식과 동료 의식과의 융합을 제공한다"고 했습니다. 정말 그렇습니다. 사회가 복잡해지고, 경쟁이 과열되고, 혐오와 양극화가 심해질수록 연대 의식을 회복하는 것이 우리에게 중요한 과제입니다.

여러분은 혼자가 아닙니다. 우리는 모두 연결되어 있습니다. 이 기나긴 문지방을 함께 건너고 있는 누군가가 있습니다. 그들에게 손을 내밀어요. 그리고 이 터널을 통과한 뒤 자신이 거둔 성취에만 빠져들지 말고 통과의례의 핵심인 '인간의 연대', 나아가 '자연과 인간의 연대'에 대해 생각하고 실천하는 사람이 되세요. 어쩌면 이것이 진정한 성인식의 끝이며, 진짜 어른이 되는 길일 거예요.

코로나19 때문에 여러분은 더 힘든 통과의례를 겪고 있습니다. 부디 이 외롭고 쓸쓸한 시기를 잘 이겨 낼 수 있기를 기원합니다.

_일곱 명의 작가를 대신하여 엮은이 유영진 드림